恐怖箱

# 八裂百物語《やつざきひゃくものがたり》

加藤一 編著



竹書房文庫

※本書に登場する人物名は、様々な事情を考慮してすべて仮名にしてあります。また、作中に登場する体験者の記憶と体験当時の世相を鑑み、極力当時の様相を再現するよう心がけています。現代においては若干耳慣れない言葉・表記が登場する場合がありますが、これらは差別・侮蔑を意図する考えに基づくものではありません。

# 巻頭言

箱詰め職人からのご挨拶

加藤 一

本書、『恐怖箱 八裂《やつざき》百物語』は、百話の実話怪談を集めた選集である。

怪談と聞いて思い浮かべるのは、恨み苦しみ憎しみ怨念、そういったネガティブな情熱を消化しきれずに此岸《しがん》を彷徨《さまよ》う幽霊の物語であろうか。近親者や縁も所縁もない誰かの姿を見せられたり、或いは襲いかかられたりといった逸話は多い。

一方で、「どう評価して良いのか。どう消化すれば良いのか」と、遭遇したことそのものについて悩まされるような不可思議な逸話、奇妙珍妙な体験談といったものもある。中には驚きはあるが恐怖を伴わないものもあるし、その怪異と遭遇している瞬間には驚きも恐怖も湧き上がらず、全てが終わった後になってから矢庭に恐怖が浮かび上がってくるような時間差の怪談すらある。

怪談の形は斯様《かよう》に千差万別である。まして、我等が手がけるのは百物語。千本ノックさながらに、四方八方から思いも寄らぬ怪談奇譚の形で降り注いでくる。

といったわけで、今年も百話を御用立てさせていただきました。

蝋燭《ろうそく》百本の用意が済んだなら、さあ始めましょうか。

# 目次

▲……高田公太
●……ねこや堂
◆……神沼三平太
■……加藤 一

# 巻き込み

佐倉さんは、その頃とある住宅街で交通誘導員をしていた。

片側通行の道で誘導棒を振っていると、自動車が猛スピードで近づいてきた。

「おっと」

棒を振りながら進路を空ける。

迫る車のタイヤに何か襤褸《ぼろ》布のようなものが巻き付いていた。

何だありゃ、と意識を向ける。

それは車が通り過ぎるほんの一瞬のことだったのだが、まるでスローモーションで見せられているかのように、タイヤに視線が釘付けになった。

巻き付いているのは襤褸布ではなく、人体。

タイヤの隙間に吸い込まれ、そのまま何度も地面に擦りつけられて原形を留めておらず、肉塊と着衣の残りが混じり合った何かに成り果てている。

ドライバーがそれに気付いている様子はなく、片側通行の反対側で棒を振っている同僚も特に気に留めている様子もなかったので、錯覚だと思うことにした。

# 下校

川越さんは奥さんと一緒に高校生の娘を車で学校まで迎えに行った。

学校近くで停車し、娘が来るのを待つ。

程なくして、学校がある方面から学生服を着た娘が、二人の女友達を引き連れて車に近づいてくるのが見えた。

軽自動車の前部座席には夫婦が乗っている。

あと三人乗せたら、乗車オーバーだ。

おいおい。頼むよ。

「お待たせ」

「こんにちは」

娘と友人が乗り込む。

「……」

「……パパ。どうしたの？」

「いや。もう一人は」

「え？」

「だから、もう一人乗るのを待ってる……」

「カナちゃんだけだよ」

「あ？　もう一人は良いのか？」

「もう一人？」

「ああ、一緒に歩いてたもう一人。お前の横にいた」

「いないよ。カナちゃんだけだよ」

「いや。三人で並んでいただろ」

「いないよ」

「あ、そうか……もう、いい」

見間違えるはずがない。

見間違えるはずがないというのに……。

妻はただ黙っていた。

# 飛び込み

武川さんはタクシーの運転手である。その日は遅番シフトだった。遅番とは昼頃に車庫を出発し、午前八時頃に戻るという勤務形態だ。明け方には無線配車で何処へでも送迎に行かねばならない。意外にも、その時間帯はタクシーにとっては大忙しだという。

その夜は午前三時過ぎに無線配車を受け、江東区にある埋め立て工事の現場事務所に向かった。事務所は部外者立ち入り禁止のゲートから一キロメートル以上も直線道路を進んだ、突き当たりの手前左側にある。

事務所から出てきたのは年配と若者だった。どちらも背広の上にボアの襟が付いたドカジャンを着ている。いかにも現場のお偉方といった様子である。若いほうは図面か何かが入っているらしい革の鞄を提げている。

年配は二十三区の北東に、若者は更に先の県境を越え、千葉県まで帰るという。最近は長距離客はめっきり減ったので、タクシーとしてはありがたい仕事である。

車を出す。建設途中なので舗装はしっかりしているが、街灯はない。走り出してすぐに、バックミラーに小さく光が映り込んでいることに気付いた。

オートバイにしてはライトが小さすぎる。自転車の豆球くらいの光。

「お客さん、窓の外に何か並走してるみたいなんで、一旦車を停めて確認してもいいですか。自転車とかだと危ないんで」

それなら俺が見てやるよと年配の客が答えた。一般人は立ち入り禁止の地区だし、自転車などいるはずはない。早く帰りたいからこのまま行ってくれと、傲慢《ごうまん》な物言いが続いた。

年配の客が左後部の窓を開けようとした瞬間、バックミラーに自転車が映った。

走行中のタクシーは時速六十キロは出ている。

「危ないぞ。離れなさい！」

窓を開けたお客が叫ぶと、窓からねずみ色の作業服を着た老人の上半身が飛び込んできた。

バックミラーには、髪を振り乱し、目と口を大きく開いて、両手を左右に泳がせている姿が映っている。車内は怒号と喧騒で溢れた。

慌てて急ブレーキを踏んでタクシーを停める。自転車を巻き込んだ人身事故となるとただ事では済まない。車外に飛び出し、周囲を確認する。だが、自転車も老人も姿を消していた。大丈夫ですかと後部座席の二人に声を掛けると「大丈夫だ」と返答があったが、年配の胸元には泥と抜けた髪の毛をこね回したような物がべったりとへばり付いている。

何かが飛び込んできたのは間違いない。

暫く待ってみたが、何も起きない。何かあったら会社に連絡するという約束で、年配のお客を自宅まで送り届けた。

次は若いほうだ。

「駅でよろしいでしょうか」

努めて平静を装って声を掛けた。

「ええ。そちらで大丈夫です。高速使って行っちゃって下さい。あと、着いたら声を掛けて下さるとありがたいです」

「了解しました」

街中を飛ばしていると、後部座席から声を掛けられた。

「運転手さん、先程は驚かれましたか」

「そりゃ驚きましたよ。あれは何だったんでしょうね」

「お騒がせしてすいませんでした。私は、ここの現場に来るまで、ダムやトンネルの現場が長くてね。沢山の作業員を死なせてしまったんです。それから私の行く先々に、あの手の輩が出るんですよ」

あれは工事で亡くなった幽霊だったというのか。

「それでね、運転手さんには見えないと思いますけど、今もあの人は、私の隣に座ってるんですよ」

バックミラーには誰も映っていない。脅かさないで下さいよと言うと、彼は続けた。

「本当のことなんです。疑うなら、高速道路を出て信号で止まったときに、私の鞄を引っ張ってみて下さいよ。彼が座ってるから、手で引くくらいじゃ絶対動かないですから」

「御冗談でしょ」

「それは試して下さい。恨んでるのは私のことですから、何も危害はありません」

どう返事をすべきかわからない。高速を下りて街道を走る。もう目的の駅だ。

「お客さん、駅に着きましたよ」

寝ている彼に声を掛け、タクシーチケットに料金を記入してもらう。

「運転手さん。鞄、引っ張ってみてもらえますか。まだ座ってますから動きませんよ」

渋々後部座席に手を伸ばし、鞄の提げ手を引いた。だが、全く動かない。確かに何者かが上に座っているように思える重みだった。

「重いですね」

「ええ。じゃ、どうもありがとうございました」

彼は鞄をひょいと持ち上げてタクシーを降り、目の前のコンビニに入っていった。

# 赤坂見附

八月のお盆直前の真昼間の出来事である。

赤坂見附の駅ビル前のタクシー乗り場に、武川さんは運転する車両を付けた。どのお客さんが乗るかは、前に並ぶ台数から推測が付く。その客を見て、彼は顔をしかめた。

自分の担当する客が真っ白な冬物のロングコートを着ていたからだ。肩ほどの長さに切り揃えられた黒髪。手には荷物も持っていない。

順番が来てドアを開けた。お願いしますと、女性は丁寧な言葉遣いで行き先を告げた。

「ホテルＮＪまで行ってください」

進行方向としては逆方向だ。しかも昭和五十七年にそのホテルは焼失しており、現在は別の建物が建てられている。だが、ごく稀に赤坂Ｈホテルと指定するお客さんもいる。その場所に昔建っていたホテルの名前だ。武川さんは行き先を聞き返さないことにした。

「では山王下交差点付近で宜しいですかね」

そう答えると、女性は戸惑ったような声で、えっと聞き返した。

それに答える前にアクセルを踏む。同時に交差点で車をＵターンさせ、お客さんに再度声を掛けた。

「ホテルのあったほうまで上がりますか?」

返事がない。バックミラーにも客の姿が映っていない。

おかしいぞと顔を後部座席に向けて確認すると、後部座席はもぬけの殻である。

いやいや、確かに乗せた。幽霊か何かだったら、後ろの人が割り込んでくるだろう。

考えても分からない。しかし、タクシーのメーターは入ったままだ。料金メーターの誤操作は、営業所に戻ってからの報告事項の一つで、理由も添えないといけない。

正直に書いていいものだろうか。だが、嘘を吐くのもおかしな話だ。赤坂見附の駅ビル前で乗せた客が、交差点転回中に消えた。そう書いて提出した。

すると、部長から呼び出された。何を言われるかと思いながら部長室のドアを開けると、部屋には既に三人の乗務員が呼ばれていた。武川さんの顔を確認すると、今日はこの四名だな、と部長が苦虫を噛み潰したような表情を見せた。

あの乗り場は報告の通りのトラブルが起きる。そして起きるときは連続する。しかし、この事実は決して口外しないでくれ。お客様が敬遠すると困るからだ——。

部長は厳しい口調で指示を出した。

後で確認したところ、他の運転士の見たものは、武川さんとは別物だった。

# 峠道

もう随分昔の話になる。関東に住む奈々子さんが友人達と福井県に旅行へ行った帰りの話だ。高速道路が事故で通行止めになった。まだ陽が高かったこともあり、峠越えで岐阜県側の高速まで出ようという話になった。軽い気持ちだった。

当時はカーナビもなく、地図と道標を頼りに山道へと向かった。景色も次第に山深くなり、道も徐々に細くなった。いつしか道は曲がりくねった峠道になっていた。気付くと路面は荒れ、草木も散乱している。まるで長い間車が通っていないような様子である。

陽もすっかり暮れて周囲は真っ暗なうえに、もちろん道路灯もない。不安をごまかそうとしてか、後部座席で騒いでいた友人達も眠ってしまった。

そこから二時間ほど走ると道幅が少しずつ広くなった。カーブの多い下り坂を辿っていくと、遠くに明かりも見え始めた。峠を越えられたのだろう。助手席の奈々子さんは、運転している友人に「良かったね」と声を掛けた。

後部席の友人達を起こそうと彼女が振り返ろうとすると、鋭い声が上がった。

「後ろは見ちゃダメ！」

運転席の友人は、普段見たこともないような真剣な表情で、ちらちらとルームミラーに視線を送っている。奈々子さんは黙って前を向いた。

暫くすると友人がホッとしたような顔をして、もう大丈夫と呟いた。

何か見えたのかと問うと、彼は黙って頷《うなず》いた。

重苦しい空気が車内を満たした。それを打ち破ろうとしたのだろう、彼はハンドルから片手を離し、左手のほうを指差して、「あそこに見えるのはダムかな」と言った。

奈々子さんは助手席側の窓を振り返った。するとガラスのすぐ向こうに緑がかった顔が張り付いていた。男とも女とも付かず、感情も読めない。

驚いた彼女は大声を上げた。運転席の友人には、絶対に停まっちゃ駄目。こちらも向いちゃ駄目と伝えた。その言葉に友人も察したのだろう。黙ったまま車を走らせていく。

だが間の悪いことに、後ろで寝ていた友人達も先程の声で起きたらしい。

後部座席から次々と叫び声が上がった。それを聞いたからだろうか、助手席の窓から顔が消えた。

次の瞬間、今度は運転席の友人が慌てた声を上げた。奈々子さんも前を向く。

アップにしたライトの光の中に、男が立っていた。だが、それはテレビの画面が乱れるように変形し、背景が透けて見えた。生きている人間ではない。

「轢《ひ》くぞ」

運転手は汗だくで、首筋にも玉のような汗が浮いている。彼は覚悟を決めたかのようにアクセルを踏み込んだ。背もたれに身体が押し付けられる。

車が半透明の人を轢こうという瞬間、奈々子さんには時間の流れがスローモーションのように感じられた。旧日本軍の兵隊のような服装に帽子を目深にかぶり、うなだれたように立ち尽くす男性が、車内をゆっくりすり抜けていく。

直後、後部座席から悲鳴が上がった。皆同じものを見たのだと奈々子さんは思った。

少し気を失っていたらしい。気付くと車はダムの上を走っていた。

そこから先は道路灯も整備された立派な道になった。一時間ほどで、道路脇に自動販売機の並ぶ場所があった。車を駐め、缶コーヒーを買った。もう喉がカラカラだった。

「もしかすると、あの兵隊さんの家って、さっきのダムに沈んでいるのかもね。だから帰る家がなくて彷徨っているんじゃないかなぁ」

後部座席に座っていた一人が言った。

皆は黙って頷いた。運転席のドアに手をかけた友人が叫び声をあげた。

驚いて声のほうを振り返ると、道路灯に照らされた車のガラスといわず、車体といわず、車体一面にびっしりと、乾いた泥で付けたような手の跡が残されていた。

# 汗だく

大谷さんがまだ大学生の頃に、友人と深夜のドライブに出た。峠を登っていくと何処かで道を間違えたらしく、どんどんと山の奥へと入っていってしまった。道は次第に細くなり、もちろん道路灯もない。Uターンしようにも場所がなく、道に沿って進んでいくしかない。次第に道路に木の枝や落石も増えてきた。

するとと前方にトンネルが見えた。抜けたら何処に繋がるのだろうかと考えていると、スーツ姿の男性がトンネルを抜けてきた。

大谷さんは運転席の窓を開け、男性に声を掛けた。彼は汗だくだった。

「すいません。この先行くと、○○まで出られますかね」

すると男性は親切にも、詳しい道筋を教えてくれた。とにかくトンネルを越えて、次の交差点まではまっすぐで良いらしい。

男性に礼を言ってトンネルを潜る。次の交差点まではノンストップ。車は速度を上げ、あっという間にトンネルを抜けた。

「危ないッ！」

助手席の友人が叫んだ。急ブレーキを掛けると、車は舗装されていない広場に突っ込み、草の上を滑った。交差点などなかった。目の前は崖。その下には真っ暗な湖が広がっていた。

「交差点って何だよ。あのサラリーマン、いい加減なこと言いやがって」

大谷さんが文句を言っていると、青い顔をした友人が言った。

「あのサラリーマンさ……こんな時間にこんな所から歩きで何処まで帰るんだろ」

Uターンして、あのスーツ姿の男性を探しながら帰ったが、一本道の林道の何処にも彼の姿は見当たらなかった。

それから一月ほどして、大谷さんは再度同じ道を湖に向かって走った。今度も友人を助手席に乗せての遠出である。すると、やはりトンネルの手前で、スーツ姿の男とすれ違った。先日の男だった。声を掛ける勇気はまるでなかった。

そのとき友人は、男をやり過ごした後にこう言った。

「見たか？　あいつ、靴を履かずに靴下のまま歩いてたぜ」

# 花隧道《ずいどう》

営業マンの柏さんの、若い頃の話である。

友達が白馬のスキー場でアルバイトをしていた。そこのアルバイトには、福利厚生目的で週毎にリフト券が配布される。だが彼はスキーをする訳でもなく、ずっと寮に泊まり込んで仕事をしているため、リフト券は溜まる一方だという。

寮には、予備のベッドも置かれている。一人や二人宿泊者が増えても上司には分からない。ただし同室の奴に黙っていてもらうために酒だけは持ってこい。そうしたらリフト券はタダでやる。さらにスキーもウェアも友達が上手いことやってくれるという。貢物の酒があれば一冬遊べる算段だ。そこで友人も誘って白馬へと旅立った。

埼玉県から高速を飛ばして長野県に入り、一般道を走り始めたときに、助手席で地図を見ていた友人が提案した。

「この山さ、下道を走れば越えられるっぽいぞ。ちょっとでも早く着いたほうがいいだろ」

唆すような言葉に従って山へ入ると、周囲はやけに雪が少ない。ありがたいことに除雪されているのだろう。もっと奥まで入り込んでいくと砂利道である。それを踏みながら更に先へと進んでいくと、だんだん道が細くなってきた。

　不安に思いながらも進んでいくと、狭い手彫りのトンネルが口を開けていた。対向車が来たら退避できない狭さのトンネルである。だが、もう後には引けない。ここまでの道をバックで戻るなんてとんでもない。

　意を決してトンネルに入った。すると車の屋根からガサガサと音がする。何の音だろうと、トンネルの中で一回車を停めた。窓を開いて天井を確認すると、水抜き用の穴が天井に等間隔に空いている。その穴全てに枯れた花束が挿さっていた。

　十本や二十本どころではない。トンネルのずっと奥まで枯れた花が一直線に続いている。ぶら下がった花の先に車のルーフが擦れて、音を立てていたのだ。

　ぞっとしたが、とにかくトンネルを通過しなければ始まらない。彼らはそろそろとトンネルを抜け、再度雪混じりの砂利道を走った。するといきなり路肩に車高よりも高く雪の積まれた道に合流した。そこはもう白馬だった。

「でもね、白馬は豪雪地帯ですよね。普通、脇道は除雪されていない。それどころかメインの道路以外は冬季は閉鎖中です。確かに近道だったのでもう一度通りたいんですが、一体僕らがどの道を通っていったのか、何度調べても分からないんですよ」

　調べ続けてもう十年にもなるが、思い出すきっかけすら得られないままだという。

# 旧隧道

律子さんは三姉妹の真ん中である。

ある年の連休に両親と三姉妹の家族五人で、とある半島へ旅行に行った。運転は長姉の佳子さんである。宿に着いて料理と温泉を堪能した。両親と末の妹は早々に寝てしまった。

普段なら食事のときに欠かさずビールを飲む佳子さんが、今夜は飲まなかった。律子さんは夜中に車で抜け出すのだなとピンときた。

「お姉ちゃん、夜に何処か行くんでしょ」

「あ、バレてた。うん。近くにいいトンネルがあるのよ」

姉の最近の趣味は心霊スポット探訪らしい。ただし、深夜に一人でそんな場所を彷徨《うろつ》くのは怖いので、訪れるのは車から下りずに行ける所ばかりである。

勢い、橋やトンネル、峠ばかりを巡ることになる。

「また変な所なんでしょ」

姉は「有名な所だし、大丈夫だと思うよ」と笑い、律子も一緒に来る？　と誘った。

深夜、街灯もない峠道を車で上っていく。

今は新道と新しいトンネルができて、そっちでも心霊現象が起きるって有名なんだけどね――。

ウキウキしたような姉の言葉に、助手席の律子さんはふうとため息を吐いた。彼女は時々そういったものが見える。今回は姉のことが心配で付いてきたが、できれば関わりたくはない。

つづら折れを過ぎてまっすぐな道になった。その先にぽっかりとトンネルが口を開けている。車がすれ違うことのできない小さなトンネルだ。

「誰もいないのね。連休だからマニア達で賑わっているかと思ったのに」

「夜中にこんな所に来るの、お姉ちゃんくらいだよ」

「そんじゃ、通りまーす」

緩くアクセルを踏み、自転車ほどの速度でゆっくりとトンネルに入っていく。内部にも灯りはなく、光はアップにしたヘッドライト頼みだ。

おかしい。トンネルは五百メートル程度だというが、先程から何分経っただろう。

自転車くらいの速度だったとしても、五分もあれば通り抜けるはずだ。もうとっくに五分は過ぎている。次第に姉に焦り始めているのが分かる。

「お姉ちゃん」

「うーん。何で抜けられないのかな」

「違うの。お姉ちゃん。速度上げて」

先程から律子さんの耳には、背後から近づいてくる足音が聞こえている。

意を決して振り返ると、トンネルを埋め尽くす大勢の男女が、腕を伸ばして車の後を追いかけてきている。もう、すぐにでも車に触れる距離だ。

「アクセル踏んでよ！」

血相を変えた妹の叫びに、姉は反射的にアクセルを踏んだ。すると急に闇が晴れた。

ブレーキが思い切り踏まれた。シートベルトが食い込む。車が停まったとき、目の前にはつづら折れのガードレールがあった。

「あんた、何見たの」

涙目の姉に、律子さんが今見たものを説明すると、姉は涙目のまま複雑な笑みを浮かべて言った。

「あたし、それ見てないから、また今度リベンジしないとね——」

そう語る口調がちょっと高揚したものだったのが一番嫌だったという。

# 待機時間

青森市。

トラックドライバーの元寺さんから聞いた話。

「大体荷を拾ったあと、倉庫に到着するのが深夜になるんだげどや《だけどさ》」

今もお得意様であるその倉庫の荷受けが始まるのは早朝が常だったため、通りを挟んだ斜め向かいにある駐車場で待機するのが通例だった。

駐車場は広く、夜更けに先客のトラックが整列している様子もお馴染みのものだ。

「わぁ《俺》は前がら、何が《何か》、そこは好ぎでねくて《好きじゃなくて》」

田舎の真夜中は、恐ろしく静かだ。

それも郊外ならなおさら。

しかし、ベテランのトラックドライバーである自分が、たかが荷受けの待ち時間で心をざわつかせるのもおかしい。

でも、やはり何かを感じる。

「いっぺん、他のドライバーさも《とも》ちょこっと話したことあるんだ。『あそこの駐車場、苦手だ』って。そしたら、そのドライバーも『分かる。背筋が寒くなる』って言ってら」

そんな気持ちではあるのだが、仕事は仕事だ。依頼があればその駐車場に駐まらなければいけない。

その日は、風が強い日だった。

暴風は轟音を響かせ、より一層、件の駐車場で待機する元寺さんの不安を煽る。

「ビュービューなんてもんじゃない。ゴーゴーって風が鳴ってらんだ《るんだ》」

電波の不安定からラジオの音声も不明瞭。辟易《へきえき》しつつ週刊誌でも読んで時間を潰すことにした。

「そのうち外の音にも慣れてきたんだけどさ」

暫くすると、明らかにそれまではなかった、透き通るような高音が風音に交じって聞こえてきた。

そして、その音に旋律があることが段々と分かり始める。

歌。

女声の合唱だ。

風に乗って合唱が聞こえてきている。

しかし、こんな深夜に合唱の練習をする団体などあるものだろうか。

だが、聞こえるからには間違いない。

耳を澄ましながら、元寺さんは車内灯を消し、外をじっと見つめた。周囲に歌声の手掛かりになるものがあるのかもしれない。

そんな気持ちで目を凝らすと、丁度自分の前方、林らしき所に違和感があった。

暗闇の中に白い縦長のものが数体、うっすらと見える。

とはいえ、その白いものと歌声が結びつかない。より集中して様子を窺うと、白いものが少しずつこちらに近づいてきていることが分かった。

「結局、途中で消えでまった《消えてしまった》んだけど……」

元寺さんは近づいてくるその白いものを、

「ボヤッとしていたけど、白装束を被った人に見えだ《た》」と表し、

「んで、それ見て分かったんず《だ》。この合唱、賛美歌だって」

駐車場の近くに教会はない。

# アラーム

小宮さんは、子供の頃に交通事故に遭い、今も足の一部に障害が残っている。

彼女の母の話では、小宮さんが小学校に登校した直後に、神棚に置いてある鈴が、けたたましく鳴り始めたのだという。

家にいたのは母だけであった。

慌てて神棚を確認し、何か仕掛けがあるのかと周囲も確かめたが、何も仕掛けらしきものはない。ただ鈴は恐ろしいほどの音量でがなり立てる。

どうしたらいいのか分からない。オロオロしていると電話が掛かってきた。

電話の受話器を持ち上げると同時に、アラームのように鳴り響いていた神棚の鈴の音はピタリと止まった。

電話の内容は、娘が交通事故に遭ったという知らせであった。

取るものも取りあえず病院へと走った。幸い命には別状はなかった。

それ以降、小宮さんは大きな事故や病気などをしていない。神棚の鈴もずっと鳴っていない。

# 正座

桧さんが大学時代の話である。同じサークルの智代子という友人が亡くなった。

それから二カ月ほどして、親しかった仲間三人で、お線香を上げに行こうという話になり、彼女の自宅まで足を運んだ。

智代子の母親に仏間に通された。すると、薄暗い仏間の角に、黒いスーツ姿で木彫りの仮面を被った男性が四人正座していた。仮面はどれも違った意匠で、ただ共通しているのは口を大きく開き、歯を剥いて笑っている点だ。能面か、それとも民芸品か。国内のものか海外のものかも分からない。

しかし、友人二人も、智代子の母親も、どうやら仮面の男性がいることに気付いていない。どうしようかとも思ったが、無視することに決めた。触らぬ神に祟りなし。お線香も上げて智代子の家を後にし、友人達とも別れて自宅に帰り着いた。

自分の部屋に戻って着替えていると、不意に背後から視線を感じた。振り返ると、先程の仮面のスーツ男の一人が、部屋の隅っこで背筋を伸ばしたまま正座していた。

それから半年ほど経ったが、それはまだ姿勢を正したまま部屋に座っている。

32

# 塵《ちり》と消ゆ

石塚は以前から霊に付き纏われて困っていた。

顔の中身が真っ黒な女である。だがどういう訳か、勤務先には付いて来られないらしい。

勤務先の外で、どす黒いものを噴き上げながら凄まじい形相で石塚が出てくるのを待っている。

これはそろそろ何とかしなければ拙《まず》いんじゃないか。

そう思っていたところ、勤務先が更に一段階高レベルの場所へ移動になった。

途端に近寄れなくなったのか、完全に離れてしまった。

「塵や埃と同じなのかねぇ？」

そう言って笑う石塚の勤務先はクリーンルームである。

# 開襟シャツ

東北地方在住の川崎さんから聞いた話である。

彼女は二月の初旬に、大学の生協に置かれた旅行パンフレットを手に取った。具体的な旅行のプランはなかったが、理由の分からない衝動に駆られて鞄に入れた。

学校からの帰り道で、枯れ木のように細い体躯をした老人の横を通り過ぎた。その姿に強い違和感を覚えた。まだコートが必要な季節なのに、身につけているのは麻の開襟シャツだ。通り過ぎるまでの間、老人はじっと見つめてくる。不安な気分が湧いてくる。

不安を拭い去ることができずに振り返ると、老人は自分の後を一定の間隔で追いかけてくる。だが彼女の住むアパートは駅から近く、そちらの方向に向かう人は大勢いる。偶然だ偶然だと自分に言い聞かせながら歩みを早める。だが、偶然としても、大通りから脇道に入る交差点まで同じということはあるだろうか。

川崎さんはわざと遠回りを選んだ。するといつの間にか老人は姿を消していた。

翌日、アパートを出て大通り沿いにあるコンビニに寄った。お菓子の棚を見ようと通路を曲がると、そこに昨日の老人が立っていた。開襟シャツ姿。昨日と同じだ。

川崎さんは声を上げそうになった。足早に外に出て、丁度来たバスに飛び乗った。普段は利用しないのだが、急いで逃げたかった。

それから毎日老人を見かけるようになった。何かを探しているようにふらふらと歩いていることもあれば、買い物を終えた川崎さんの後を付いてくることもある。

近所に住んでいるだけかもしれない。生活範囲と時間帯が一緒なのかもしれない。不安に思うほうがおかしいのかもしれない。しかし、嫌な気持ちを拭い去ることができない。

今は春休みで授業はない。だからなるべく外に出ないようにしよう。これを機会に実家に戻っても良かったが、実家まで帰るには半日以上掛かる。それも億劫だった。

用事があるとき以外は、部屋に引きこもることにした。だが、こもってばかりでは、気持ちも暗くなる。

なるべく楽しいことを考えよう。そうだ。旅行のパンフレットがあったはず。

鞄に突っ込んだままになっていた冊子を確認した。

彼女は沖縄に遊びに行こうと決めた。

この季節、沖縄の平均気温は二十度近い。一方でこの街の平均気温は五度を下回っている。環境の落差が楽しみだった。荷物はなるべく少なくしよう。水族館にも行こう。

友人に連絡を取ると、彼女も旅行に行きたがっていた。意気投合した二人は連れ立って行くことにした。

一緒に行こうよと言ってくれた友人の言葉に、パッと視界が明るくなった。

旅行の当日は、友人と待ち合わせをして市内から空港行きのシャトルバスに乗る手はずだった。当日の朝、バス乗り場に開襟シャツ姿の老人が立っていた。

川崎さんと友人は、バスの一番前の席に通された。席に着くと、車内の通路を老人が通り過ぎていった。

後部座席を気にして何度も振り返る川崎さんに、友人が心配そうに声を掛けた。

乗り継ぎの空港でも、老人の姿を見かけた。那覇に向かう飛行機の中にもいた。

老人は相変わらず、ただそこにいるだけだ。だが、フライトの最中も、彼はずっと通路に立ったままだ。キャビンアテンダントも突っ立っている老人を無視している。

さすがにこれはおかしい。

ここに至って、川崎さんは老人が生きている人間ではないと悟った。

旅行先ではもう老人の姿を見ることはなかった。

旅行からの帰りの飛行機で、友人に老人のことを打ち明けた。

「そんな変なお爺さん、見てないんだけど」

それ以来、開襟シャツの老人を見かけたことはない。

# シール

六歳の息子が冷蔵庫に無闇矢鱈とお菓子のおまけシールを貼る。

「ダメ」と注意をしても、「やってないよ」と、とぼける。


ある暑い晩、喉が渇いて一階へ下りた。

冷蔵庫を開けて、麦茶を一杯飲み、また寝室へ向かおうと廊下に出たところ、階段をゆっくりと下りてくる夫が目に入った。

寝ぼけているような足取りだ。いや、事実寝ぼけているのかもしれない。

夫は階段を下りきった後、まるで廊下に立つ妻の姿が目に入っていないかのように進み、ダイニングキッチンのドアを開けた。

開いたドアの向こう、冷蔵庫の前に子供の後ろ姿があった。

が、我が子ではない。見たことがないパジャマを着ていて、髪が長い。

恐らくは女の子。

夫はのろのろと女の子に近づき、その子供に重なるように立つと、冷蔵庫にペタッとシールを貼った。
用事を終えると夫は振り返り、子供の姿は見えなくなった。
夫はまた、のろのろと寝室へ向かっていった。

# さびしんぼう

晃弘は大学進学後の一人暮らし初日、こんな体験をした。

洗濯したり、自炊をしてみたり、コンビニで買った牛乳を冷蔵庫に入れたりと、実家では殆どしたことがない家事を早速やってみる。

ああ、これは楽しい。こんな日が毎日続くのか。

と感じていたのは、布団に入るまでだった。

寝る段階になると、家族の気配がない生活がいかに心細いかを思い知らされた。

ホームシックここに極まれり。静けさがただただ悲しい。

実家に電話をしたいのだが、寂しさを悟られたら恥ずかしい。

ああ、静けさが鬼門だ。そう思った晃弘は何か音を欲して、テレビを点けた。

すると、テレビに母の顔が映った。

「え?」

テレビの中の母もまた、音声こそないものの「え?」という表情をしている。

テレビにはそのまま五秒ほど、母。

そしてチャンネルが変わったかのように母の顔は消え、深夜番組が映った。

すぐさま携帯が鳴り、出ると母から、

「今、テレビにお前が映った」

と言われた。

# ハネを与える

眠巣君の彼女の祖母が肺炎に罹《かか》った。

歳を取ると肺が弱くなるというが、ちょっとした風邪からだけでなく自分の唾で噎《む》せてそのまま肺炎になってしまうことすらある。入院先の病院で、担当医は付き添いの家族に噛んで含めるように言った。

「年齢を考えますと、万一ということがあり得ます。ですので、覚悟はしていて下さい」

家族は覚悟を決めて連日祖母を見舞った。運が良かったのか思いのほか体力があったのか、暫く寝込んだものの祖母の容態は一週間ほどで持ち直した。

「元気になって良かったねえ」

話もできるようになったので母が祖母を見舞うと、祖母は「夜中に何度か爺さんが来たんよ」と言い出した。

「いよいよお迎えが来たかと思ったじゃ。だって、爺さん、背中にハネが生えててなあ。神様になったみたいじゃった」

祖父は随分前に亡くなっているのだが、夜半、祖母の病室にその祖父が現れた、ということらしい。

「爺ちゃんも婆ちゃんもバリバリの仏教徒なのに、爺ちゃんが天使になって降臨とか、ハイカラっていうか夢にしたってかっこよすぎる！」

母からその話を聞いた彼女が祖母の見舞いに行くと、祖母は〈夢じゃない〉と自信たっぷりに断言した。

「爺ちゃんな、間違いなく神様になっとった。病室ん中で光っとったんよ。婆ちゃんに、まだ来るなって言いにきてくれたんじゃろなあ」

祖母は身振り手振りで説明する。

「ほんでな。ハネがこうな、ぶーん、て」

……ぶーん？

「お母ちゃんから聞かんかった？　鳥の羽根じゃなくてな、爺ちゃんの背中から蜂の翅《はね》が生えとってな。ぴかぴか光って、ぶんぶん飛んでたんじゃ」

# お茶

瞳さんの曾祖母は施設に入っている。ある日彼女が見舞いに行くと、曾祖母がやけに浮かない顔をしている。どうしたのかと訊ねると心配そうな声で打ち明けた。

「ねぇ瞳ちゃん。お爺ちゃんのお仏壇の世話をちゃんとやってくれてる？」

お爺ちゃんとは、曾祖母の実子であり、瞳さんの祖父のことだ。曾祖母は夫も実子も先に亡くしているのだ。

「うん。お世話してるよ。今朝もお水あげてきた」

「そうなの。ありがとうねぇ。でも、あの子ったらお茶が飲みたいお茶が飲みたいってねぇ、毎晩出てくるのよ。悪いけど、今度からお仏壇にお茶をあげてちょうだい」

頼まれた翌朝からは、曾祖母の言いつけ通りに、仏壇にお茶を供えることにした。

また数日後に見舞いに行くと、曾祖母は瞳さんのことを見るなり相好を崩した。

「あの子、満足そうに頷いて消えていったわ。これでもう安心。またあの子のことで何かあったらよろしくねぇ――」

その言葉に瞳さんは、母とは息子が死んでいてさえも心配するものなのだと思った。

# 蚊帳

「亡くなったときにね、お母さんが来たんですよ」

ずっとずっと昔の、まだ幼かった子供の頃の記憶を振り返りながら、優子さんは言った。もう半世紀どころか、八十年近く前の記憶である。

彼女は三姉妹で、優子さんが次女である。姉妹は周囲に田んぼしかない田舎で育った。

彼女達の母親は、四十歳になるかならない頃に結核で亡くなった。

当時その集落では、結核の患者を医者に診せることもままならず、ただ苦しむ患者を隔離するしかできなかった。田んぼの真ん中に建てられた粗末な納屋に閉じ込めて、ただ日に日に病に蝕まれ、衰弱していく患者を見守るほかに為す術がなかったという。

子供達は納屋には絶対に近づいてはいけないと言い含められていた。だが、まだ優子さんが六歳。姉が十二歳。下の妹は四歳。特に下の妹はまだまだ母親が恋しい年齢である。

会いたい。しかし会いに行って自分が病気になったら、もっと大変なことになる。

会うことは許されないかもしれないが、せめて声くらいは聞けないかと、三姉妹は深夜に家を抜け出しては、月明かりで納屋の見える位置で耳をそばだてた。

風に乗って、母親の苦しそうなうめき声や、激しく咳き込む音が聞こえる。

母親の病気はとても酷いのだ。もうきっと母親には生きて会えないのだ。そう思うと胸が詰まった。寂しい。苦しい。

何で。どうして。そう言って妹は泣いた。泣くんじゃないよと諌《いさ》める姉達も涙が溢れるのを止めることはできなかった。

お盆も近いある夜、いつも通り母親の声を聞きに家を抜け出した。しかしその夜は母親の咳が聞こえなかった。下の妹は、お母さんの病気が治ったのかと訊いたが、姉達は質問には答えられなかった。

翌日は母親のお通夜だった。父親に家で留守番するように言いつけられ、三人はじっと寄り添って、家で父親の帰りを待っていた。

次の日は葬儀。母親を土葬にするという。母親を納めた棺桶は釘で打ち付けられており、姉妹は母親の遺体とも対面することはできなかった。

姉妹はその夜、蚊帳の中で寄り添い、泣きながら過ごした。いつかそうなるのではないかと覚悟はしていたが、それは慰めにはならなかった。悲しみに眠れないでいると、蚊帳の横に何者かの気配がした。

見るとそこに母親が立っていた。

あ、お母さんだと思ったが、その顔を見て凍りついた。

そこにいるのは間違いなく母親だったが、容貌が変わり果てていた。頬がげっそりと痩け、目は落ち窪み、下瞼は真っ黒に変色して深い溝を刻んでいる。特に髪の毛はざんばらのぼさぼさ髪で、記憶にある滑らかなつやつやとした母親の髪とは似ても似つかない。

そして表情が鬼そのものだった。

——お母さんだけど、これはお母さんじゃない！

三人は上掛けに潜り込み、様子を窺った。母親は低い声で唸りながら、蚊帳の周りをぐるぐると回り始めた。時々蚊帳に近づき、上から覗き込んだり、しゃがんだりを繰り返す。蚊帳の中に入りたくても入れないのだ。

「お母さんやめて！」

余りにも怖くて我慢できなかったのだろう。長姉が声を上げた。すると、鬼のような形相だった母親が我に返ったような顔を見せた。しかし彼女の表情は、すぐに悲しそうなものに変わり、すうと姿を消した。

母親の出現は、その夜だけで終わらなかった。彼女は毎晩子供達の寝る蚊帳の周りに出た。鬼のような形相は初日だけで、それ以降は表情は穏やかだった。しかし顔色は悪いままで、いつまでも悲しそうな顔をしていた。

彼女は蚊帳に入ろうとはしなくなったが、やはり周囲をぐるぐると回り、立ち止まると蚊帳の上から子供達のことを、心配そうに見下ろし、そして明け方には姿を消した。

それが何日続いただろう。ある夜、いつものように蚊帳の中にいると、母親の気配がした。いつものように蚊帳の周りを回るのかと思っていると、じっと立ったままである。

これは何かが違う。姉妹は蚊帳の中から母親に視線を注いだ。

母親は子供達を一人ずつ繰り返し繰り返しじっと見つめて、最後にとても悲しそうな顔をしてふっと消えた。

それから二度と出てこなかった。

「鬼になってもいいからって、必死になって帰ってきたのだろうね。だから怖かったんだ。そして毎晩子供達を見ているうちに、自分が子供を置いて別の世界に行かねばならないことを悟ったのだろう」

優子さんは続けて言った。あの悲しい顔は、一生——死ぬまで忘れられない——。

母親が隔離されていた納屋は、葬式から半年ほど経った頃に解体された。それまでは近くを通る度に、昼間でも夜でもうめき声と咳の音が聞こえて、とても怖かったという。

# 黒革の手帳

ずっと前から予兆はあった。

平井さんの弟が亡くなったときに、何度も弟を名乗る人物から親戚に電話が掛かってきたのだ。もちろんその時点では、死人から電話があったと親戚中で噂になったが、それ以上はおかしなことは続かなかったので皆忘れてしまっていた。

その葬儀から数年後、今度は弟の妻の幸恵さんが亡くなった。彼女は夫と暮らした家で誰にも看取《みと》られることなく亡くなった。六十代になったばかり。孤独死だった。

彼女の荷物の引き取り手として、平井さんに依頼の連絡が入った。他の親戚は距離を理由に断ったという。確かに隣県という意味では他の親戚よりは距離は近い。だが、普段から深い付き合いがあった訳ではない。弟の嫁というのは近いようで微妙に遠い関係だ。

「御足労頂きまして。遺品としてお渡ししたいものはこれだけです」

二つに折り曲げられたクラフト紙の封筒を渡された。中には手帳が入っているという。

衣服や家具などはどうしたのかと訊くと、親戚の許諾の元、自治体のほうで処分したらしい。そもそも最初は身元が分からずに、自治体が無縁仏として葬っているのだ。

「手帳ばかりは、故人の重要なものかもしれませんから」

納得いくような、いかないような説明を受けて、平井さんは手帳を受け取った。

手帳を確認すると、元々は弟の所有物のようだ。途中で記録も途切れており、それから先は白紙が続く。これをどうしろというのか。わざわざ呼び出されて、ゴミに出すくらいしか対処もできないものを渡されて。

——徒労だ。

再び手帳を開く。パラパラとめくっていくと、白紙と白紙のページの間に、先程は気付かなかった記述が目に飛び込んできた。

「五人連れていく」

そう書かれた文字を見た途端、平井さんの全身に一気に鳥肌が立った。

「……もう連れていった」

耳元で弟の声がした。確かに聞こえた。

放心したように、ふらふらと駅へ向かう途中で、寺の門が開いているのが見えた。

彼女はその寺に入っていき、住職に手帳を預けて帰宅した。

ただ、今となっては、もうその寺が何処かも覚えていない。住職の顔も忘れてしまったという。

# 敬礼

バスガイドをしている恵美さんは、ある日、ある会社の社員旅行のガイドで新潟を訪れた。

翌日の打ち合わせを終えて風呂にも入り、食事も済ませて、やっと自分の時間である。

ああ疲れたと部屋で横になってテレビを見ていると、いつの間にかテレビの横に軍服姿の男性が直立不動の姿勢で敬礼をしていた。旧日本兵の飛行機乗りの格好だ。

不思議と怖くなかった。ただ何でこの人はここに立っているのだろうと不思議に感じた。気にしていると、すっと消えた。

今のは何だったのか。考えてもよく分からない。この旅館に因縁があるのかもしれないし、別の何かかもしれない。バスガイドをしていると、このようなことは時々あるとも聞く。考えていても仕方がないので、彼女はテレビを消し、気にしないようにして寝た。

翌日のことである。バスがクランクになった狭い道を通る際に、車体を擦らないように左を見てと運転手に言われ、恵美さんはバスのステップに立って誘導を開始した。

「オーライ。オーライ」

すると、今度は昨晩の軍服姿の男性が路地に立ってバスに敬礼をしている。驚いたが業務が優先だ。男性を無視して誘導を続けた。心の中は疑問符で一杯である。

男性はすぐ消えたようで、それ以降視界に入ることはなかった。

それから暫くして、彼女は福島県に住む祖母の家に何日か滞在した。

ある朝、祖母から頼まれごとを受けた。

「恵美さん、仏壇の過去帳をめくっておいてちょうだい」

分かりましたと返事をして、言われた通りに和綴《わと》じの過去帳を一枚めくった。

日付入りの過去帳には、一日から三十一日までのページがあり、故人の戒名や俗名、死亡年月日などが書かれている。当日に亡くなった人がいれば、追善供養を行うのだ。

今日亡くなられた方は一人。そして開いたページには、白黒の顔写真もクリップで挟まれていた。よく見ると、先日新潟で見た、敬礼をする兵隊さんと顔がよく似ている。

恵美さんは仏壇の前に座った祖母に、写真の人物について訊ねた。祖母は写真に目をやると、この人はあなたの大叔父さんに当たる人だよと答えた。

「私の弟なの。飛行機乗りだったんだけどねぇ。戦争で亡くなったのよ」

やはりあのときの人だ。全然怖くなかったのはそういうことだったのか。

恵美さんは祖母に、この人を新潟で見たんだよと、男性の現れた状況を説明した。

しかし、何故新潟で姿を見せたのかは、話を聞いた祖母も頭を捻るばかりだった。

# ダメ人間

華加さんの叔父は、会社の金に手を付けて会社を解雇された。

元々は金融関係で経理の仕事をしていたが、会社の金を着服しての解雇であった。退職金や積立金から差っ引かれ、内々で処理するからと事件にはならなかった。

働くのに向いていない人というのはいるものだ。そもそも仕事が続かない。経理はもう嫌だ。肉体労働も駄目だ。そして消費者金融で金を借りて博打につぎ込む日々。

最初は奥さんがパートで働いて食い繋いでいたが、程なく別居となった。離婚してほしいと懇願されたが、彼は絶対に首を縦には振らなかった。

既に自分の親族からは縁を切られている。そこで彼は奥さん側の親戚の所に行っては金の無心を繰り返した。完全に鼻つまみ者である。姪の華加さんにも電話を掛けてくる。ただまだ学生の彼女に流石に金の無心はできないと見えて、彼は電話口で様々な愚痴を聞かせる相手として彼女を利用していた。

華加さんは弁当屋でアルバイトをしていた。当時その店では、閉店後の廃棄弁当は、幾つ持って帰っても良いと言われていた。彼女は自転車で行ける距離に住む叔父の元に、その弁当を置きに行くのが常だった。

そんな叔父がある日、華加さんに飯を奢ってあげると誘ってきた。普段の叔父のことを知る彼女は、一笑に付した。すると臨時収入があって大丈夫だと胸を張る。

結局ファミレスでハンバーグを奢ってもらった。

「最近さ、スクラッチくじとかで、ちょっとした臨時収入が入るんだよ」

彼の言によると、馬券や宝くじや、競艇とかの配当がよく入るのだという。最近は博打で勝ち越しており、生活に問題がない程度になっていると叔父は言った。

だが、華加さんには、その話を始めてから叔父の背中越しにこちらを窺っている、初老の男性が気になって仕方がなかった。

ある日、叔父からまた馬券を当てたから奢ってやるぞと連絡が入り、一緒にファミレスまで行くことになった。店までの道行きで、次は大きいのが当たってほしいなと叔父が呟いた。すると叔父のすぐ後ろで、初老の男性がメモ帳を手に何かを書きつけている。前回後ろの席からこちらを窺っていた男性だった。

それ以降、叔父と会うと、メモを取る男性が時々視界に入るようになった。

その後、叔父は一年しないうちに入院した。肝硬変だった。元々肝臓は悪かったのだが、医者に黙って大酒を飲んだことが原因である。次は糖尿病を患い、とにかく生活習慣が悪いと医者から叱られる日々だという。確かに華加さんから見ても、擁護できない生活だ。とうとう彼は腎不全を患い、透析を受けねばならない事態になっていた。

そんなときにも、叔父と会うたび、メモを取っている例の男性が視界に入る。

「もう年末だろ。年末ジャンボ当たったらいいなぁ」

叔父は太く短く生きたいと言った。すると、隣の席で例の男性が、こちらをちらちら見ながらメモを取る。あの人は何なのだろう。最初は警察かと思っていたが、そうではないようだ。ただ叔父が夢のようなことを言う度に、それをメモ帳に書きつける。

とうとう叔父は救急車で搬送された。身寄りはいないかと病院から華加さんに連絡が来た。血縁からもそっぽを向かれていて、彼女しか相手にしなかったのだ。医者の話では、膵臓《すいぞう》癌が進行してしまっていて、もう手が施せない。いつ多臓器不全を起こしてもおかしくない状態で、今は集中治療室に入っているという。

病院に見舞いに行くと、叔父は昏睡状態だった。あのメモ魔の男性もいた。

華加さんが叔父に声を掛けても反応はなく、彼は翌日死亡した。

彼が住んでいた部屋を見に行くと、机に年末に買った宝くじが置いてあり、華加さんに向けて遺言が書かれていた。この宝くじの当選金を借金の返済に充てて、残りを別居している奥さんに渡してくれとのことだった。当選金は三千万円だった。

# 踏切

天野さんの勤務先付近に、「開かずの踏切」として知られる踏切がある。

ある日、パートさんの一人と昼食に出た帰りに踏切前で列車が通過するのを待っていると、不意に彼女が、この踏切が気持ち悪くて仕方がないのだと言い出した。

彼女によれば、待っている間、黒い人影がずらりと左右の歩道に並ぶとのことだった。気持ちが悪いことを言うなと思って話を聞いていると、駅を出たばかりの列車がのろのろと通過して遮断機が上がった。

「今みたいに遮断機が上がると、すっと消えるんです」

あれだけ並んでいた人影は跡形もなく姿を消し、次また遮断機が下りると、何処からともなく現れる。それを一日ずっと繰り返している。

天野さんは一言、不思議ですねとだけ返したが、実は一つ心当たりがあった。

踏切の先には大きな病院があり、日に何度もサイレンを鳴らした救急車が入っていく。だが間が悪ければ、踏切で十分以上待たされる――だからきっとそれが原因なのだ。

天野さんは彼女との会話以来、「開かずの踏切」を避けるようにしている。

# 夏浅し公太は怪談語りけり

詳しく場所を書くと、ほぼ私の実家を明かしているようなものになる。

そんな所の話だ。


私がまだ小さい頃、その病院の駐車場に面した半地下の窓をしゃがんで覗くと、死体安置所の様子は丸見えだったそうだ。

私と五つ年が離れた兄、公太（私のペンネームは兄から頂戴している。今、兄は故人だ）は少年時代に大人の目を盗んでは、その小窓を覗いていた。

そして、後年、私にこんな話を聞かせてくれた。


「あっこきゃ《あそこは》、おっかねえぞ《怖いぞ》」

その病院は私と兄が通った小学校から一分も経たない距離にあり、兄以外にも怖いもの見たさで小窓を覗く子供は多かった。

「町内のタケシいるべ？　あれが夜に覗いたっきゃ、暗い中、立ってる人がいだんだとよ」

「ええ……怖ぇじゃあ……」

まだ小さかった私は兄の話に心底怯えた。

「んでな、最初、病院の人がいるんだべが、って思ってタケシはたんだ《普通に》見でらんだとな。たっきゃ《そうしたら》、その立っている人、小窓さ近づいできたがと思ったら、腕とば上さあげで、ダンッ！　と小窓とば叩いだんだど」

兄の声色に怖じ気付き、私は身体を竦《すく》めた。

「タケシ、ビビってまったはんで、逃げる気なってバッと立ったのさ。たっきゃ、立ち上がった瞬間、足首とばギュッと掴まれで、転んでまったんだど」

「ええ……だばって《だけど》、窓は閉まってるんだべ？」

「んだ。閉まってる」

「へば……なして……」

「わがんね。わがんねけど、タケシ、次の日は顔傷だらけで学校さ来たんだ。転んだとき、顔からいったんだどよ。聞いたっきゃ、そった話だったんだど」

兄がこの話をした頃には、既に病院は改築されていて、死体安置所は違う場所にあった。

「もどもどは《元々は》、あっこさあったんだ」

二人で病院の近くを歩いていると、兄はそう言って、駐車場の奥に見える、病院の壁を指差したものだ。
本当にあったことかどうかは分からないが、私はこの話が今でも好きで、今でも怖い。

# 倒立

「ここの部屋に変なものがいますよね」

ぼそぼそとした声で訊ねる清さんは、この老人ホームに勤務し始めてまだ二日目の新人である。声を抑えているのは、周囲の入居者を気にしているのだろう。見れば頭も顔も首筋も汗でぐっしょり濡れている。

変なもの——最初は彼が何のことを伝えようとしているのか分からなかった。変なものと数秒思案した末に、この部屋が３０３号室だったことに思い至った。

「それ、気にしないでいいから」

そう答えても、清さんの目は、ちらちらと天井を気にしている。

「あれは気にしないでいいから」

この部屋には青山さんというお婆さんの幽霊が出る。昼でも夜でも関係ない。天井に足をべったり付けて、逆さまになった状態で、ぼーっとただつっ立っている。最初に見た人は驚くが、ただそれだけなので全くの無害である。

だからスタッフも入居者も、自然と青山さんのことは忘れがちになる。

「何で皆さん落ち着いていらっしゃるんですか」

詰所に戻ると、清さんはまだ納得できない様子である。

いつも見ているから慣れているのだと答えると、大丈夫なんですか、変なことは起きないんですかと質問責めを受けた。

「ううん。昔一回だけ、大騒ぎになったことがあるよ」

「何があったんですか」

「青山さんが天井じゃなくて床に立ったんだよね。そりゃあ入居者全員慌てて見にいきましたよ。でも心配してたけど、結局何もなかった」

床に立ったのは今までの経験から一回のみ。理由は不明。

青山さんは今もよく天井に姿を現す。

# レクリエーションルーム

宇田川さんは若い頃から勘が働いた。所謂《いわゆる》霊感のようなものがある。

そんな彼が、とある介護施設の警備員兼即席介護士として勤務することになった。ただし、勤務時間は夜のみだという。どうやら夜間は人手が足りないらしい。

初日の夕方に施設に出勤したときから違和感はあった。

建屋は何の変哲もない。集合玄関を入ると事務員室があり、奥にはエントランスホールがある。自動ドアから中に入ると下駄箱が並び、スリッパ立てがある。

しかし、何故かそこに大きな灰鉢が設《しつら》えてある。灰には燃えさしの線香も立てられている。見れば床には盛り塩が置かれている。介護施設に盛り塩は必要だろうか。商売繁盛というのもおかしな話ではないか。

色々と不安に思いながら、宇田川さんは施設長に挨拶をしに行った。

仕事の説明によれば、基本的に夜間の見回りをお願いしますとのことだった。もし何か起きた場合には、当直の者が詰めているので、その人に相談するようにと言われた。

指示されるがままに、初日の夜も定時の見回りをすることになった。

施設の地図もまだ頭に入っていないが、薄暗い中をゆっくり歩いていく。

途中でレクリエーションルームの横を通り過ぎた。総ガラス張りの部屋に椅子が並んでいる。昼間には老人達がここで遊ぶのだろう。

異常なし。老人達の個室のある棟に向かって歩いていく。

ぐるりと個室棟の見回りを終えて帰ってくるとき、またレクリエーションルームの前を通ることになる。近づいていくと、今度はざわざわした感じを受けた。

なるべく気にしないようにしながら通り過ぎようとした。

そのとき、横目でチラリとガラスのほうに視線を向けた。

すると、真っ暗闇の中に大量の老人が座っていた。ぼうっと座っている老爺に、向かい合って何やら喋っている老婆達。地べたに座ってお手玉をしている老婆もいる。

今個室の前を確認してきたのだから、こんな光景はあり得ない。

宇田川さんは駆け出した。詰所に戻って当直に今見たままを伝えた。

当直の介護士は、うんうんと何度か頷いて、一言、「慣れて」と口にした。

ほら、死んでも死に切れない人っているんですよ。気にしなくてもいいです。

夜間に人がいない理由を察した彼は、試用期間を切り上げ、逃げるようにしてそこを辞めた。

# 首ジャンパー

時刻は深夜。コインランドリーから戻ってきた久野さんは、部屋のベランダで洗濯物を干していた。シャツやタオルを振って皺《しわ》を伸ばし、洗濯バサミに挟んで物干し竿に吊す。いつものルーチンワークである。

殆ど干し終わった頃、ベランダの外側に、縦に白いロープのようなものが張られていることに気付いた。屋上から計測用のロープを張っているのだろうか。管理組合からの通知に、そんな話があっただろうか。

どうなっているのだろうと、身を乗り出して覗いてみると、ロープは地面まで伸びている。ロープの直下には男性が立っていた。

そこまで確認して、久野さんは洗濯物を干す作業に戻ろうとした。しかし何故か全身に鳥肌が浮いている。

恐る恐る確認すると、マンションの下に立っている人物には首がなかった。首があるはずの場所から、白いロープが真っ暗な空にまで伸びていた。

どうしようかと思案していると、上空からターザンを思わせる叫び声が近づいてきた。

一瞬のうちに、目の前を若い男性の顔が通過した。

見下ろすと、ゴム紐が縮んでいくように、首がどんどん短くなっていく。

そして叫び声が止んだ。

どうなったのだろうかとベランダから身を乗り出すと、今度は下からターザンめいた叫び声が近づいてきた。

慌てて首を引っ込める。

男の頭部が目の前十センチの位置を通過した。

こちらのことは気にも留めない様子で、頭部は再び上空まで伸びていく。叫び声はドップラー効果が起きているのか、トーンを変えながら飛び去っていく。

余りのことに腰を抜かした久野さんが、呆然としたままロープ状に伸びた首を眺めていると、今度は昇っていった首に引っ張られるようにして、男性の胴体が上空へと飛び去っていった。

我に返った久野さんがベランダから見上げても見下ろしても、もう男性は何処にもいなかった。

# ピックアップ

都内での話。

清瀬さんの幽霊の見え方はカラー情報が失われた感じだという。人の姿に紛れて白灰黒で塗り分けられた人が立っているように見える。人混みの中にも、空いている時間のスーパーマーケットにも、公園の樹の下にもいる。よく見かける幽霊は、顔も覚えている。

中には顔のない奴もいるが、背格好や姿勢、何より色で見分けがつく。

ある日街を歩いていると、顔見知りの幽霊達がいなくなっているのに気付いた。別にそこまで馴染もうとも深入りしようとも思ってはいないが、いつも見かける相手がいないと気掛かりである。自分の知らない何かのタイミングなのだろうか。

公園を抜けていくと、彼が「半分幽霊」と呼ぶ幽霊の立つ木陰に出た。半分幽霊とは、要は右半身しかない異形の幽霊だ。

半分幽霊は、いつも通り右足だけでバランスを取るようにして立っていた。だが右半分しかない顔の前に、何かが垂れている。見れば木の上から伸びるロープの端にぶら下がっているのは、束ねた釣り針のようだ。しかも針が異様に大きく、先端は花びらのように開き、鋭い先端が四箇所も上を向いている。

いや、これはサイズからすると、釣り針ではなく、船の錨《いかり》かもしれない。

清瀬さんは空を仰いだ。木の上から垂れていると思ったロープは、空のずっとずっと上から垂れていた。もう一端は肉眼では確認できない。

何度も見返すが、それは明らかに見るからに、そこに実在している。

通り過ぎることもできずに佇んでいると、不意に針が振り子のように振れ、半分幽霊の顔に刺さった。直視できないような酷い光景である。

幽霊に痛みはないのだろうか。もう死んでいるのだから痛みがあるはずはない。だがそれは本当か。

そんなことを考えているうちに、半分幽霊の首の位置が次第に持ち上がっていく。全身も引き伸ばされるように長くなっていく。

天空から伸びたロープがゆっくり巻き上げられているのだろう。

そして半分幽霊の足が地面から離れた瞬間、ロープも幽霊も跳ねるような勢いで天空へと消えていった。

# 組み体操

中島さんは四月から新しい職場に移ることになった。三月中に新築のワンルームマンションを契約し、引っ越しも終えた。眺望の良い七階の角部屋。今まではずっとアパート生活で、エレベーターのある物件は初めてだ。それだけでもウキウキしてしまう。

新しい職場での仕事を終え、疲れた身体を引き摺ってマンションまで歩く。最寄り駅からは徒歩で七分。エレベーターホールでボタンを押し、ゴンドラが降りてくるのを待つ。

扉が開くと、ゴンドラの中一杯に、組み体操をしている小学生がいた。

赤白帽子に半袖の体操着。六人で三段ピラミッドを作っている。何処からともなく笛の音が聞こえる。ピッという鋭い音に合わせて、小学生達が首を動かす。

唖然としていると扉が自動で閉じた。さてどうしようか。階段で七階まで上ろうか。

思案の結果、思い切ってボタンを押した。ドアが開く。もう小学生達はいない。

今のは何だったのだろうか。七階の自室のドアに鍵を差し込み、ドアを開ける。人感センサーで玄関のライトが点灯した。

玄関の三和土《たたき》で〈待っていました〉とばかりに、六人の小学生がピラミッドを作っていた。

# ステーキ肉

関西のとあるマンションに住む幸子さんは、ベランダに干しっぱなしにしていた洗濯物を取り込んでいた。もう日付も変わろうとしている時刻だったが、天気予報によると明け方には雨が降るというのだ。

十階建ての七階。周囲には彼女の住むマンションより他に高い建物はない。

殆どの洗濯物は乾いていたが、厚手のデニム地のパンツはまだ生乾きだ。

お風呂場で乾燥機能を使わないといけないかしら。

そんなことを考えながら、室内に戻ろうと踵《きびす》を返したときに、足元でべちゃっという濡れた音がした。

そんなに乾いていないものが残っていたのかしら。

暗がりに手を伸ばすと、弾力があり、濡れて冷たいものが手に触れた。思わず指を引っ込める。指先にはべとつくものが付着している。臭いを嗅ぐと——油脂のようだ。

慌てて懐中電灯を持ってきて確認すると、それは手のひらサイズの生肉に見えた。スーパーの精肉コーナーに並んでいるような牛のステーキ肉である。細かくサシが入っており、一見して上質な肉だと分かる。

しかし、マンションの七階にどうして生肉が転がっているのか。先程の感じでは、空から飛んできたとしか思えない。

ただ、周囲にそれを投げ込めるような高い建物はない。

幸子さんはゴミ袋を持ってきて、肉をつまんでそれに収めた。

少しだけもったいないかなという気持ちが芽生えた。

旦那が肉好きだから、食べさせたら喜ぶかもな、とも思った。

だが彼女は浮かんだ考えに飲まれるのを振り切るように、ゴミ袋の口を縛った。

翌日、肉はゴミの回収に出した。

今はもう止んだだが、それから半年ほどの間、幸子さんの部屋のベランダには、月に二、三回という頻度で、霜降りのステーキ肉が投げ込まれ続けた。

それを捨てる度に、酷い罪悪感と、旦那に食べさせるべきだという考えを振り切るのが大変だったという。

もちろん心当たりはなく、投げ込まれた理由も何もまるで分からない。そして今でも半年に一度くらいの頻度で思い出しては首を傾げる。

やっぱりもったいなかったかな、と毎回少しだけ考える。

# 転々

冬のある日、愛子さんは同僚の相談を受けた。

同僚の住むマンションの数軒先のアパートに、もう八十歳は超えているようなお婆さんが住んでいる。夜になると、自分のマンションのベランダにそのお婆さんが出るのだけれど、一体どうしたらいいと思う?

そう訊かれても愛子さんには事情がよく分からない。

戸惑いながら同僚にそう言って聞き返すと、彼女も全く分からないので困っているとのことだった。

とりあえず変わったことがなかったかと確認すると、数日前の出勤時に、軒先を箒で掃いているのを見かけて会釈した。それ以来、老婆を見ていないとのことだった。

ここで何をしているのかと訊いても、ただぼうっと立っているだけで、特に何をしてくる訳でもない。目が合ったかなと思っても、表情が変わる訳でもない。だからずっと、ベランダ側のカーテンを閉め切っている。

気持ちが悪い話である。

だが、何も判断できる材料はない。

また何か変わったことが起きたら、続きを教えてと言って話を打ち切った。


その日、愛子さんが帰宅後に、干してある洗濯物を取り込もうとベランダに出ると、そこに見知らぬ老婆が立っていた。慌てて部屋に戻って方々の鍵を確認したが、全て施錠されたままである。そもそもオートロックのマンションの五階。隣接するベランダはなく、しかも相手は老婆。侵入は不可能だ。

そこまできて昼間の話を思い出した。窓の外を覗くとまだ老婆は佇んだままである。愛子さんは服装や髪型などの一通りの特徴をメモに書き出した。


昨日はうちには出なかったのよと笑顔を診せる同僚に、愛子さんは苦笑いをしながら、昨日はうちに出たのよと答えた。

愛子さんがメモを参照しながら昨晩の老婆の容姿を伝えると、同僚は驚いた顔をして、「そうその人よ」と頷いた。

これからどうしようと悩んでいると、同僚はあっけらかんとした口調で言った。

「それってさぁ、他の人に相談すれば良いんじゃないの」

昨日は自分があなたに相談したから、あなたの所に出るようになったのではないかというのである。

なら、誰に相談すれば良いんだろう。そう考え込んでいると、同僚が吹き出した。

「もう私に話してるから大丈夫じゃない？　後であたしが適当に飲み屋とかで話してくるから。それでこの話は終わりよ」

帰宅したときには、老婆はベランダにいなかった。同僚の所にも出なくなったらしい。

同僚が正しかったということだろうか。

数日後、興奮した同僚から、老婆が暫く前に孤独死していたと聞かされた。

今も彼女が何処かのベランダに出ているのかどうかは、もう一切分からない。

# 肘掛けの顔

駅から陸橋を伝って直接行くことのできたその映画館は、今はもう閉館して久しい。当時女子高生だった和代さんは、同級生二人と一緒にそこに映画を観に行った。

週末の午後だが生憎の雨だった。天気のせいか客足もまばらである。

三人並んで席に着いた。

予告編が始まり、本編に進んだ頃から、すぐ目の前の席の隣り合った背もたれの隙間に、何か白いものがあるのは気になっていた。肘掛けの上に、席と席に挟まるようにして置かれた丸くつるんとした白いもの。

映画のスクリーンの明かりが時折それを照らす。気になって仕方のなかった彼女は、映画から視線を外して、それをまじまじと見つめた。

顔だった。髪の毛も睫毛《まつげ》もない。性別年齢不詳の頭部だけが、背もたれの間に挟まっている。作り物のような目がきょろんと動いた。

生きている。そう思った瞬間、顔はぽこんと外れるようにして消えてしまった。

誰かが立ち去る足音も気配もなかった。同級生にも確認したので間違いないという。

# 体育館

県立高校に勤めている田端さんから聞いた話である。

彼女が赴任したときに、不思議な申し送りがあった。それは夜に体育館のライトが点いていても消さなくて良いという通達だった。理由を訊いても詳しく教えてくれる先輩教員はいなかった。自分が新任だからなのか。何だか腑《ふ》に落ちなかった。

ある夜、彼女は施錠当番だった。

夜の七時過ぎに、校舎や体育館を施錠して回ったが、丁度テストの採点もあったので、再び職員室に戻って作業を続けた。

採点が一段落して時計を見ると、もう十時を回っている。思ったよりも遅くなってしまった。すぐに帰宅せねばと慌てて荷物を抱えて駐車場まで急ぐ。しかし体育館の横を通りがかったときに、館内のライトが点いていることに気付いた。

さっき施錠したときには点いていなかったのに。

何処かに侵入口があって、そこから生徒や部外者が入り込んでいるのかもしれない。

そう思った彼女は職員室に戻り、鍵を持って体育館に向かった。

扉は何処も鍵が掛かっている。だが中からは何人もの歓声が聞こえる。男性も女性もいるようだ。

今日は地域のサークルに貸し出す日だっけ。

しかし、もう夜の十時過ぎだ。田端さんは鍵を開けて入り口の引き戸を開いた。

開いた直後に、ばちんと音を立ててライトが消えた。

今までの歓声は何だったのかという静寂。

恐る恐るライトのスイッチに手を伸ばす。スイッチは全てオフになっている。

ライトを点けるとゆっくりと体育館に明かりが満ちてくる。

誰もいない。

彼女は体育館の引き戸を閉めて、舞台や用具室まで確認した。しかし何処にも人の気配はない。そもそも体育館の入り口を開けたときから足音一つしなかったのだから、予想は付いていた。

再びライトのスイッチを切り、施錠して鍵を職員室に返却する。

次に通りがかったときには、また体育館にライトが点いていた。

今でも年に何度かはそういう夜がある。

# 四十五歳

先ごろ四十五歳の誕生日を迎えた吉田さんの話。

仕事が結構遅くまで掛かってしまい、結局終電に乗って家に着いた。単身者であるため、家に帰っても誰が待っている訳でもない。翌日も仕事がある。へとへとの身体を引き摺ってシャワーを浴びた。

風呂場から肩にタオルを掛けたまま全裸で部屋に戻った。別に誰が見ている訳でもない。さ、寝間着に着替えて寝よう。明日も仕事だ。

ふと顔を上げると、部屋の真ん中にホワイトノイズマン。余りのノイズが人型になったようなものが立っている。謂わばフルバディホワイトノイズマン。余りのことに身動きが取れなくなった。

これが何なのか分からない。心当たりもない。吉田さんは、ただじっと見ていた。

ホワイトノイズマンの位置が少し移動した。

あ、動くんだ。

背中を向けた状態から、時計回りにゆっくり振り返ってくる。吉田さんは身動きが取れないままだ。

それはたっぷり一分ほどの時間を掛けて、完全にこちらを向いた。向いた瞬間、パッと姿が消え、吉田さんの身体に自由が戻った。

——そのときさ、本当に申し訳ない話なんだけどね。

俺さ、もういつ頃ぶりか分からないくらいに久しぶりに、下半身がぱつんぱつんに元気君だったんだよね。もう自分でもびっくりするほど。

俺って何？　変態なのかなぁ。

# 要経過観察

都内にある、某ターミナル駅の駅前ビルに入っているＩＴ系の会社にお勤めの方が、社長秘書の子から聞き出したと、興奮して教えて下さった話である。

当該のビルでは、ドアノブが回されてガチャガチャと音を立てるという悪戯めいたことが続いていた。それもソフトウェア開発の面々がプログラムをコーディングしているときだろうと、限られた面々で会議が行われている最中であろうと関係なく、突然ドアノブが激しく回されるのである。毎度現象が起きる度に社員はドアを開けて確認するのだが、長い廊下の何処にも人影は見えない。

防犯カメラの記録を確認しても、その時間にドアノブに手を触れた社員はいない。一体何がどうなっているのかも分からない。この近代的なビルの何が悪いというのだろう。

完璧主義かつ科学万能主義者の社長も、何度も続くドアノブの怪異にノイローゼ気味になったようで、これはお化けの仕業だと言い始めた。

それからは何枚もお札を貼ってみたり、神主を呼んでお祓いを繰り返したりもしたが、一切効果はなかった。

「どうすればいいのだろう。もう万策尽きたのではなかろうか。こういうことは専門外だから分からないんだよ。何かいい案はあるかね」

「気休めかもしれませんが、フロアのカードキーを全て変えてみたらどうでしょう」

ビルには、入り口に勤務者用二台とゲスト用二台、計四台の自動改札機があり、そこにカードキーをかざさないと中に入れないようになっている。

社長は提案に乗ることにした。ビルに入るためのカードキーと、上下三十階以上あるフロア全ての会社のカードキーを変更したのである。

完璧主義者だけあって徹底していた。

果たしてこれが大当たりだった。それ以降、ドアノブは回されなくなった。

お化けも外から入れなくなったから、という解釈が正しいかどうかは分からない。だがこの時点で、怪奇現象は一旦収まった。

そしてそれから一年経った。すると以前よくノブの回されていたドア付近に席のある社員の社用スマートフォンが、やたらと壊れていることが判明した。

本部長が年六回の交換をしているのを筆頭に、社員四人が過去半年に三回以上に亘って故障交換している——。

現在進行形につき要経過観察。果たして怪異がいつ終わるのかはまるで分からない。

# 歓声

近所のよろず屋では、いつも三人のおばちゃん達がレジ前を陣取って雑談をしている。

三人に何か不思議な体験はないかと訊くと、一人があるあると言って話してくれた。

彼女がまだ子供の頃、大好きだった祖母が亡くなった。

当時、地元では火葬場のことを三昧と呼んでいた。火葬場と墓地とを合わせた施設だ。

そこにほど近い集会所で、祖母のお通夜を済ませた夜のことである。

集会所の広間では、祖母の亡骸が入った棺桶を頭の上に配し、彼女は母親と母の姉に当たる伯母との三人で、川の字になって布団に入った。

真夜中を過ぎる頃に、自分が寝ている布団の真下から、大勢の人の叫び声が聞こえてきて目を覚ました。

「うおーッい！　コラーッ！　うおーッい！」

何百人とも何千人ともいるような叫び声に、床が振動する。声は地面の下から響いているようだった。一体何事かと布団から飛び起きて、隣で眠る母と伯母を確認した。しかし、どちらの耳にも地下から響く声が届いていないのか、スヤスヤと眠っている。

仕方なく布団に潜り込んだが、また床下から声が聞こえてくる。怖いというよりも、うるさくて寝付けない。寝付けないので起き上がる。

何度か繰り返すうちに流石に苛立ちを覚えた。

「なによーッ！　うるさくて眠れないじゃないのよ！」

心の中で、声にはならない叫び声を上げた。すると、叫び声は問いかけに変わった。

「うおーッい！　そいつは何故に死んだんやーッ！　何故やーッ！」

怖かったが、それよりも祖母のことをぞんざいな口調で訊かれて、何だか無性に腹が立った。声には出さず、心の中で怒りを露わにした。

「そいつて何やッ！　えらい失礼なやっちゃなッ！　いいか聞け！　婆ちゃんはなッ！

九十八まで生きて、大往生で死んだんやッ！」

すると、床下からの大勢の叫び声が一瞬止まり、続いてあたかも野球場やサッカー場で、熱狂的なファンが大声で湧いているような歓声が聞こえてきた。

「おおおおーーッ！　おおおおーーッ！」

歓声は暫く続き、ぷつりと途絶えて静かになった。

後はもう虫の声が響くだけだった。

# ロードレーサー

佐倉さんが当時勤めていた会社は千葉県にあった。

通勤電車は東京駅から湾岸に沿って東に向かう路線を利用していた。途中に日本最大級の遊園地があるため曜日や時間に関係なく車輌はいつも満員で、遊園地の最寄り駅を過ぎるまでは碌《ろく》に座れないのが常だった。

カップルや家族連れが開いたドアからドッと吐き出され、漸く座席に空きができた。

「よっこらしょ」

横に長い座席に腰を下ろし、スマホを眺め始める。

駅を発車した電車がスルスルと加速していく。

そのとき電車がガタンと揺れて、スマホのディスプレイから視線が外れた。

ふと顔を上げる。

窓の外を、ロードレーサーが勢いよく走り抜けていった。

前傾姿勢で腰を浮かせ、力強くペダルを踏んでいく。

加速し始めとはいえ、自転車で電車を追い抜くとか脚力凄いな。俺にゃあ無理だな。

サイクリストの背中を見送りながら、そう感心した。

が、そこでハタと気付いた。

この路線は高架である。

線路は地上から十五メートルほども高い場所にある。

# 柿の種

「新宿でさ、おねーちゃんがいる店で働いてたんだけどさ」

仁さんは怪異発生の現場に遭遇したことがあると言って教えてくれた。

丁度お客さんが店から掃けたタイミングだったという。

女の子達は、残っていた柿の種をつまみながら談笑していた。

そのとき、一人がお皿に指を伸ばしかけた所で固まった。顔色が青ざめていく。隣の子が、どうしたのと声を掛けた。反応がない。声が出せないらしい。

周囲が一斉にその子を見た。全員の視線が彼女の指先へと向かう。柿の種の盛られた皿の中から、細くて長い三本の浅黒い指が突き出して、女の子の震える指をつまんでいた。

直後、女の子達は皆、叫び声を上げ、店は大パニックに。仁さんも含め、全員が店の外に飛び出した。

少しして近隣の店の人と怖々店に戻ると、お皿と柿の種が散らばっているだけだった。

「そんなことがあっても、その子、暫く店に入ってたけどね。それからはあの店では一回もそんな変なことは起きなかったなぁ」

# 黒い手

そこは大通りに面した五階建てのマンションで、夏子さんの部屋は三階の角部屋だった。2LDKトイレ風呂別の物件で雰囲気も明るく、一人で住むには広さも申し分ない。気に入ったので、すぐに契約して引っ越した。

引っ越しの翌日のこと。荷物をほどき、ダイニングキッチンの出窓に花瓶や雑貨を置いて整理を始めた。暫くして出窓に目をやると、そこに丸く水たまりができている。直径にしてパン皿くらいはある。急いで物をどかして雑巾で拭く。だが今日は晴天だ。見たところ水漏れも雨漏りもない。周囲には水場もない。季節柄結露もない。不思議に思ったが、気にも留めずに荷物を出窓から取り去って、片付けを再開した。

暫くして出窓を見ると、また水たまりができていた。流石におかしい。何処から水がやって来るのか。他に濡れている所がないかを指先で撫でながら隅々まで調べたが、全く異常がない。様子を見るしかないかと、そのまま片付けを進めた。

翌朝出窓を確認すると、やはり水が溜まっている。心がざわつく。

午前中は引き続き片付け。午後は疲れもあって昼寝をしてしまった。目を覚ますと、窓越しに見える高層マンションの部屋の窓から、黒い煙のような影がすうと現れ、こちらに向かって流れてきた。何の煙だろうと思っていると、途中で見えなくなった。

今のは何だろうと思ったが、片付けのほうが優先だ。出窓を見ると、また水たまり。これは管理会社に連絡しなくてはと思いながら、飲み物を片手にその水を見ていると、突然水がぷるぷると震え始めた。おや地震かと蛍光灯のコードに視線を向けたが、そちらは揺れていない。水に視線を戻すと、丸い水たまりから、焼け焦げたような黒い腕が伸びてきた。水の中から現れた腕は肩の付け根まで姿を見せると、夏子さんに掴み掛かろうと手のひらを大きく広げた。

彼女は咄嗟《とっさ》に持っていたコップの水を腕に掛けた。

腕が怯んだ。夏子さんはキッチンでバケツに水を汲み、腕目掛けて水を撒き散らした。腕は水たまりの中にスルスルと戻っていった。

部屋は水浸しになり、周囲には焦げ臭い嫌な臭いが残っていた。

惨状もそのままに急いで部屋を出て、近くに住む友人に連絡を取った。

二人で部屋に戻ったが、やはりまだ焦げ臭さが残っていた。夏子さんは水浸しになった床をバスタオルで拭《ぬぐ》い、出窓の水たまりも拭き取った。

その夜は心細かったので、友人に泊まってもらった。

寝室に布団を敷いて、二人並んで横になった。

夏子さんは、そういえばと昼間見た煙について友人に打ち明けた。すると彼女はその高層マンションで、暫く前に火災があり、死者も出たのだと教えてくれた。

何か関係あるのかなぁと話をして、その日は床に就いた。

翌朝、友人とベランダからそのマンションを見ると、火元の部屋の外壁にはまだ黒く焼けた跡がうっすらと残っていた。そこは、昨日の黒い煙のような影が現れた部屋だった。


その後も出窓の水たまりは消えることはなく、時には黒い腕も現れた。

気持ちが悪いのと怖いのとで、生活していても気が抜けない。

実質ダイニングキッチンも使えない状況である。

もう諦めよう。引っ越し代もバカにならないが、夏子さんはその部屋を去ることを決心した。


その五階建てのマンションは大通り沿いに建っている。

夏子さんは車で前を通る度に、今はどうなっているのかと出窓を見上げてしまう。

# スティッフ・リトル・フィンガーズ

五、六人の制服を着た幼稚園児が空き地で車座になってしゃがみ込んでいた。
皆、太ももに腕を乗せて、何か地面にあるものをじっと観察している。

蟻、カマキリ、ミミズなどであろう。大人が近づいて確認するものでもない。

が、気になる。おじさんが近づいたら変態っぽいが、私のようなおばさんならばいいだろう。

何げなく、と言っても随分と不自然に園児達がいる、空き地の奥のほうまで歩を進めた。

一人が顔を上げると、他の全員が一斉に顔を上げ、こちらを見た。

(あっ)

変人と思われたかな。

何か悪いことをしているのを見つかってしまったかのように、園児達は走って空き地から出ていった。

(あらら。水を差しちゃったかも)

何はともあれ、これで怪しまれずに園児の注目の的を知ることができる。

園児がいた地点により近づき、目を向ける。

「ん？」

思わず声が出た。

手。人の手が一つ、土の上にあった。

大人サイズ。爪や甲が汚れてはいるが、皺はない。

その指がキーボードを打鍵するようにせわしなく動いている。

どんなタネがあってこのようになるのかと暫く見つめていたが、よく分からないままイヤになって目を逸らし、足早に空き地から出た。

指が七本あったのが、観察していて本当にキツかったそうだ。

# 腕

原さんの家に腕だけの幽霊が出るようになって、もう五十年になるという。

肩から千切れた腕は、血の気も生気も現実感もなく、ただ家のそこかしこに出る。

いつ出るか予告はない。だが、たとえ出たとしても特に害はない。軒下に転がっていたり、廊下に立てかけたように壁を引っ掻いていたりするのを見ると、多少心臓に悪いというだけだ。恐らく知らず知らずのうちに、家の何処かに出現して、原さんが確認しないうちに消えていることもあるだろうという。

出るようになった理由はよく分からない。なぜならそれが原さんの家に出るようになったのは、彼が生まれる前だからだ。

今は原さんも父母を見送り、遺された家に一人で住んでいる。

だが、出る理由は何となく推測できる。

敷地は鉄道の軌道に面している。そしてすぐ隣にある歩行者用の鉄道踏切は、当時やたらと飛び込み自殺が起きたらしい。

駅同士の中間地点なので、そこの踏切は列車の速度が最も上がる位置にある。それを狙って飛び込むということが繰り返された。

轢死《れきし》では遺体がバラバラになる場合もある。どうもある轢死事故の際に、腕の一本が見つからないままだったようなのだ。

近隣にも聞き込みをしてみたりはしたのだが、古い話で覚えている人も少なく、記憶は朧げだ。

しかし、調べれば調べるほど、腕が家に姿を現した時期と一致していると言えそうだ。

そして今でも腕は年に何度か出ている。

今後出なくなる日は来るのか、それとも居住者が全員死んでも、空っぽの家に出続けるのか。

そこは俺には関係ないねと嘯《うそぶ》きながら、原さんは密かに気になっている様子だった。

# グリーンカーテン

数年前、職場の部署がエコのためと称し、グリーンカーテンを育てることを奨励して希望者にゴーヤと朝顔の種を提供したことがあった。

妻も娘も植物を育てるのが大好きなので、これ幸いとゴーヤの種を貰い受け、リビングに面したベランダで育て始めた。

妻や娘が丹精込めたおかげか、順調に育ったゴーヤはベランダへの出入り口を四十センチ程残して、リビングの窓をすっかり覆う程にその葉を茂らせた。

――カシャ、カシャ。

ゴーヤが実を付け始めた頃、夜になるとベランダから音がするようになった。

苗を植えてからはベランダには何も置いていないし、洗濯物を干すのも止めたから音の発生源になるようなものはないはずだ。窓ガラスにゴーヤの葉や実が当たって擦れている訳でもない。

それ程大きな音でもないのだが、妙に耳について仕方なかった。次に音がしたら原因を確かめようと思った。

そうして四日目の夜のこと。

——カシャ、カシャ。

音がし始めたと同時に家族全員で、緑のカーテンを懐中電灯で照らした。窓ガラスに何かが当たって音を立てているのか目を凝らす。

グリーンカーテンの葉の中から、指が三本伸びていた。紫色のマニキュアに彩られた爪先が窓ガラスを細かく弾くように動いている。

思わず不審者か、とベランダに飛び出し、カーテンの裏側を見たが誰もいない。いる訳がない。

手摺りから身を乗り出して唖然とする。そうだ、ここは十一階だった。

翌日、何の問題もなく育っていたはずのゴーヤの実は一気に落実してしまった。

それを機にグリーンカーテンも片付けてしまい、リビングのベランダには植物を置かないようにしている。

# 小菊

渚さんは自転車で通勤している。

通い始めて分かったが、通勤経路には事故の多い交差点が何箇所かある。

ある朝、交差点で信号待ちをしているときに、道端の瓶に活けた花が倒れているのに気が付いた。普段なら気にもせずに通り過ぎてしまうのだが、何故かその日は倒れた花がとても気になった。自転車から降りると、瓶を立てて花もきちんと直した。花は小菊が何本か。花束といえるほどではなかったが、渚さんはペットボトルの水を瓶に注いでおいた。

自分でも何故そんなことをしようとしたのか理由は分からない。

それから一週間経った。会社に向かって自転車を走らせていると、耳元で「危ない！」と大声で怒鳴られた。声に驚いて急ブレーキを掛ける。

その直後、目の前を信号無視のダンプカーが走り過ぎた。

今、危ないって叫んでくれたのは誰かしらと周囲を見回しても誰もいない。キョロキョロしていると、視界の端に入ったものに気付いて、はっとした。そこは花を直した交差点だった。あの日直した小菊は、瓶に差さったまま、まだ咲いていた。

# 青森乃盆

弘前市でお盆の頃にこんなことがあった。

居酒屋に勤める真理子さんの話。


久しぶりに集まった親戚一同はすっかり呑み食いに夢中で、

「じゃあ、そろそろ」

との口火で、皆で寺へ向かったものの、着いた時刻はなかなかに遅かった。

当然、暗い寺院の中にはお盆の客どころか、寺の手伝い人や坊さんすらおらず、お堂の灯りを自分達で点け、位牌へ向かった。

いそいそと仏壇の掃除、配膳を済ませて一息ついていると、位牌堂の二階からガヤガヤと大勢が騒ぎ立てる声が聞こえてきた。

真理子さんは、こんな時間に来る客が自分達の他にもいたのか、とまずは思った。

しかし、堂内に入った時点で場が真っ暗だったことを続けて思い出す。

先程まで、床板が軋《きし》む音でさえ目立つほど静かだったのに、二階に大人数が無音で潜むことなどできるものだろうか。

「ああ。おら二階の仏様の世話もしてくるじゃ」

祖父がそう言った。

訊くと、二階にも仏壇があるのだそうだ。

誰も上から聞こえる騒ぎを話題にせず、信じられないほどの騒ぎは依然として上から響いている。

（……ねえ、上で騒いでいる団体さん、何なんだろうね？）

そう言えれば良いのだが、真理子さんは口に出す勇気がないまま、皆の顔色を窺っていた。

階段のそばで祖父が壁のスイッチを押すと、パチッと灯りが付き、同時に声が止んだ。

再びの静寂を破るのは、二階からパチッ、パチッと祖父が幾つかの電気を入れる音。真理子さんは祖父が来るまで、真っ暗だった二階の様子を想像し、表情を強張らせるばかり。

「ねえ。二階さ、誰が居だ？」

戻ってきた祖父に真理子さんがそう問いかけると、

「いるわけねえべや。こったら時間に……」

と、祖父は思った通りの最悪の返事をした。

# 右向き

近藤の実家にある仏壇は、昔から具合が悪い。近藤が生まれたときからその仏壇はある。何の変哲もない黒い仏壇ではあるのだが、具合が悪いのは、いつも位牌が右向きで置かれていることだ。幼少の頃には、そういうものだと解釈していたのだが、色々と世間というものが分かってくるにつれ、これは何だか調子が狂うと思うようになった。

もちろん、父にも母にも、「どうして右を向いているの?」と訊ねたことはある。だが、両親は「これはね。こういうもの」と釈然としない説明をする。こういうものだと納得していたなら、そのような質問をする訳がないのに。

近藤は小学校五年の頃に、改めて父に「やっぱり右向きはおかしい」と話した。すると、父は「じゃあ、まっすぐにしてみるか」と一緒に仏間に行き、えらく素直に位牌の向きを正した。

その日の晩から、屋根の上を人が歩いているような音が聞こえるようになった。

鳥よりも重さを感じる大人の二の足が瓦を踏み、天井を軋ませるような音だった。

ある朝、「毎晩鳴る、あの音は何?」と近藤は父に訊ねた。

父は「分からないけど、位牌がまっすぐだから、あの音は鳴るんだ」と答えた。

「どういうこと？」

「まっすぐだから」

間抜けな回答だが、両親は真剣な面持ちだ。

理解できないが、とりあえず近藤は「もう右向きに戻して」と懇願し、両親ともホッとしたように「分かった」と言った。

# スキャット

この話は八年前に取材したものだが、いつも書こうかどうか迷って、結局書かないままになっていたものである。

理由はこれを「怪談」と呼んでいいのかどうか分からないからだ。

これから書こうと思うが、決して自分の中で収まりが付いた訳ではない。

美智子さんは吉村家に嫁いだ。

夫の両親は健在。二世帯住宅だ。

義父母と仲が悪いこともなく、今に至る。

さて、この吉村家、妙な風習がある。

一家の誰の誕生日でもない八月九日に、ケーキを買ってきて、蝋燭《ろうそく》まで立ててバースデー・ソングを歌うのだ。

美智子さんは初めてその儀式に参加した日、当然「誰の誕生日なの?」と訊ねた。

「分かんない」

夫はそう答えた。

義父母は「いいよ。気にしなくて」と口を揃えた。

何か触れてはいけないものがあるのだろうと、それ以上は訊かなかった。

三人はバースデー・ソングの名前を歌う部分を、「フフフーン」とスキャットで済ませていた。何じゃこりゃ、と思った。事情を推測する手掛かりが全くなく、ただ不条理だった。

夜に改めて誕生会の由来を問い糾《ただ》すと、夫は、

「これをやらないとお化けが出るんだって。親父もお袋もそれが昔から凄く怖いんだってさ。俺が生まれる前からやってることだから」と話した。


以上。

もし監修の加藤さんがこの本に載せたら怪談。

# 私の子供

大学時代からの友人の恵が出産した。大学を卒業してからも彼女とはＳＮＳで緩く繋がっていたが、直接会う機会はなかった。早くに結婚もして、子供も生まれて幸せそうだなと思っていた矢先に、ＳＮＳの書き込みがぱったり止まった。

心配していると、少し前に交通事故で赤ちゃんを亡くしたという噂が、人伝てに入ってきた。ベビーカーを押していた旦那さんも大怪我をしたらしい。

どう声を掛けて良いのか分からなかった。

付き合いは途切れたが、一年ほどして恵の近所に住む共通の友人に様子を訊ねると、事故以来、旦那さんともうまくいかなくなり、今は別居しているという。

一人で寂しく暮らしているかもしれない。慰めに行ってあげないとと思って、メールを打った。

〈お久しぶり。恵の家の近くに行くから、ついでに寄ってもいいかな〉

返信には、暇だからいつでも来てとあった。日取りを決めて顔を見に行くと、思ったよりも元気な様子だ。旦那さんと別居していることも気にしている様子はない。

彼女の家には猫が何匹かうろついていた。どれもまだ子猫だ。

ペットを飼い始めたから元気になったのだろうか。子猫ということは、最近飼い始めたのだろう。気が紛れたのかもしれない。

「まぁね、旦那出てって一人だけど、私には子供もいるから大丈夫よ」

明るい口調で言うが、子供とは子猫のことか。

お茶をしながらとりとめのない会話をしていると、恵は不思議なことを口にした。

「最近ね、食べ盛りで食費が大変なのよね。あと、よく笑うようになったのよ」

それは子猫のことだろうか。心に引っ掛かった。


半年ほどして、また恵の家を訪れた。すると、前に見た柄の猫が見当たらない。代わりにまた新たな子猫が増えていた。手に負えずに里親にでも出したのだろうか。

「前に飼ってた猫ちゃんは？」

「うん。子供にあげちゃってさ」

そうか、やはり里子に出したのだ。

恵は会話の中で、私の子供がね——と何度も繰り返した。交通事故で亡くなっているはずの赤ちゃんの話である。

「だんだん大きくなってきて、腕白で、力も強くなってきたのよ」

「あなた、さっきから子供って言ってるけど、赤ちゃんは事故で亡くなったんでしょ」

「何を言ってるの。二階の部屋にいるわよ」

混乱した。恵はショックでおかしくなったのだろうか。

「ちゃんと気を確かに持ったほうが良いわよ」

「二階で元気に過ごしてますって。どんどん大きくなってきてるのよ」

「子供って、猫ちゃんのこと」

「もう。そんなに言うなら見ていきなさいよ。本当に元気なんだから」

そう言いながら、膝に乗ってきた猫を抱えたまま、とんとんと先導して階段を上っていく。仕方ないので後を追った。

二階の廊下に面した襖を開けると、中は寝室になっていた。畳まれた布団の奥に押し入れがあった。

「ここが私と子供の部屋なの。ごめんね、散らかしてて」

誰もいない。やはり赤ちゃんはいないのだ。

恵は、今紹介してあげるからねと笑顔を見せながら、襖に近づいていく。

抱かれた猫が落ち着かない様子を見せた。

襖を開けると、押し入れの上の段に巨大な赤ん坊の顔がはまり込んでいた。

作り物の赤ちゃんの顔だ。グロテスクだ。それを見て猫は逃げ出そうとしている。

赤ん坊の眉間に皺が寄り、口元がもぐもぐと動き始めた。

これは作り物ではないのだろうか。そうなると、自分は一体何を見せられているのか。

ぐずる声が巨大な口から漏れた。

「あらあら。お腹減ったんだね。今御飯あげますからね」

恵が声を掛けると、赤ん坊の顔が口を開けた。上下に拳ほどもある歯が生えそろっていた。ぱっくり開いた口の中に、恵は抱えていた猫を放り込んだ。

続いて悪夢のような猫の断末魔が轟いた。ゴリゴリという咀嚼《そしゃく》音。空気が鉄臭くなっていく。

限界だった。ごめん帰るとだけ言って、一目散に階段を駆け下り、玄関から飛び出した。

それから恵とは一切連絡を取らないでいた。

だが、それ以降も彼女からはメールが届いた。嬉しそうに子供のことを書いてくる。

「あの子、そろそろ押し入れから出て来られそうなのよね」

それが彼女からの最後のメールだった。以降二年の間、メールは届いていない。

# つづいていく

夜寝ていると、隣の部屋から何者かが歩いてきて、自分の足をぎゅっぎゅっと踏んで、床の間の角に消えていく。姿は見えない。たまに人の声のようなざわつきとともに、隣の部屋から床の間の角に向かって、黒い影のような姿をした小さい人達が、列を作って歩いていくのも見える。天井付近をぞろぞろと歩いていくのを見たこともある。列を作っているのは毎回違う人達だ——。

三葉さんは子供の頃に、母親からそんな話を聞かされていた。どの話も母の部屋で起きたことだという。それから二十年経ち、彼女は元々母の部屋であった、その部屋で寝起きしている。

ある夜、布団に横になっていると、床の間のほうから、熱いものを冷ますかのように、息を強く吹きかける音が聞こえた。

何かしらと音のするほうに視線を送ると、布団の横に置かれた卓袱台の下に、日本髪を結った後頭部が見えた。手前に置かれた箱で遮られて、頭から下は見えない。床から首が生えているようなのだが、最初は祖母の持ち物かと考えた。しかし祖母が三葉さんの部屋に物を置くはずもない。祖母のものだとしても不穏である。

ぼうっと見ていると、日本髪の後ろ頭が、急にこちらを振り返った。真っ白いつるんとした顔で目だけがやけに黒い。その黒い瞳と目が合った。

怖気が背中を駆け上がり、咄嗟に目を瞑《つぶ》った。顔に風が当たる。

ふぅーっ　ふぅーっ　ふぅーっ。

先程聞こえたのは、女の息だったのだろう。息を吹きかける音と風は暫く続いて消えた。


翌日は床の間と布団の間を、足のほうへと歩く気配がして起こされた。

床を踏む音と、衣擦れのような音が足元まで移動し、三葉さんの足を踏んだ。

気配は背中側から掛け布団の中に入ってきた。ぴったりと寄り添われ、体温が伝わる。

じんわりあたたかい。

少し経って、勇気を出して寝返りを打ってみたが、布団の中には誰もいなかった。

ああ、母から聞かされた話は続いているんだ。

この家がある限り続いていくんだ。

三葉さんは何となく腑に落ちたのだという。

# お役所仕事

鈴木さんは通勤中に心臓発作で意識を失った。駅で胸を押さえて倒れたところまでは覚えている。

気が付くと、広い建物の中で長椅子に座って何かの順番を待っていた。手には三十八と刻まれたアクリル製の札を持っている。目の前にはカウンターがあり、窓口業務の担当者が番号を読み上げては、窓口へ呼び出された人に何か説明をしている。説明を受けた人は、左手にあるドアを指し示され、渡された書類を持って順番にそこから出ていく。

ここは何処だろう。窓も時計もない真っ白な壁。カウンターの向こうにはパソコンの置かれた机が並び、壁際には青い表紙のファイルが並ぶ。働いている人はワイシャツ姿だ。

役所には違いない。しかしここは何処の役所だろうか。

カウンターでは先程から太い黒縁の眼鏡の冴えない男性が叫んでいる。

「三十八番の方ぁ！」

甲高い耳障りな声だ——あ。三十八番って俺か。

「三十八番います。どうもすいません」

鈴木さんはカウンターの椅子に座った。

「それじゃね、ちょっと幾つか確認と、あと書類のほうにサインいただきたいんですよ」

まずは名前の確認を受けた。

「スズキマサオさん、昭和○年の生まれの○歳ですね」

「あ、自分はスズキですけど、マサオじゃなくてマサルです」

「あれ、スズキマサルさん？　スズキマサオさんじゃない？」

「はい。マサルです」

受付はパソコンのキーを叩くと、もう一度名前と住所を訊いてきた。

淀みのない鈴木さんの答えに、受付は怪訝な顔をしてパソコンの画面を睨んでいる。

「あのう、マサオは自分の従兄弟です。住んでいるのも同じ市内ですが――」

そう言うと、受付が、あーと声を上げた。

「ありました。スズキマサルさん。こちらの手違いですね。マサルさんはまだ先です」

何が先だというのか。

「今日は帰ってもらっても良いですよ。あちらのドアから出て下さい。帰れますんで」

一体何処に帰るというのか。そもそもここは何処なのか。

「すいません。せっかく御足労頂きましたのに」

受付はペコペコと頭を下げた。鈴木さんは釈然としないまま、指示されたように部屋の右手のドアを開けた。

ドアの向こうは眩しいほどの光が溢れていた。

「目が覚めたときには看護師の人が、鈴木さん目を開けましたって大騒ぎでね。ああ、自分は駅で倒れたんだっけと、やっと思い出しまして」

彼は検査のために数日間入院することになった。

当日の夜、日付が変わってから携帯電話に連絡が入った。

従兄弟の正男さんが心筋梗塞で亡くなったという知らせだった。

# バレーボール

「体育館の天井に、バレーボールが引っ掛かっていることってあるじゃないですか。あれって時々落ちてくるんですよ」

公立中学校に勤める糸川さんはそう話を切り出した。気温の変動や経年的な理由で、ボールの空気が抜けて落ちてくるのかと訊くと、違うと答えた。

ある冬の早朝、彼は体育館に向かった。先日、小動物が入り込んでいたとの報告があってから、毎朝交代で体育館の点検を続けているのだ。

鍵を開けて中に入ると、アリーナは冷え切っていた。

一通りチェックしたが、どうやら異常はない。そろそろ戻ろうかと思案していると、とーんとボールが床に当たる音がした。続けて繰り返し跳躍する音。

誰か来たのかと糸川さんがアリーナを確認すると、バレーボールが一個跳ねていた。

跳ねる高さが次第に低くなり、最終的にボールは床に静止した。それを拾おうと近づいていくと、ボールはまたもやとんとんと跳ね始めた。次第に跳ねる高さが高くなり、最終的に天井の高さまで飛び上がり、再び体育館の天井の桟《さん》に引っ掛かってしまった。

# 無職怪談

譲二さんは所謂見える人である。彼の住む部屋には若い女性の幽霊が憑いている。

彼は酔うと、いつもその幽霊について文句を言っている。

曰く、家賃を払わないとは何事だ。

曰く、仕事で疲れて帰ってきても、出迎える訳でもなく労《ねぎら》いの言葉を掛ける訳でもない。

これはどうした了見だ。

だが、それを言っても、相手の態度は何も変わらない。

曰く、家賃を払う気がないなら何かこちらが気分の良くなることくらいはしろ。

それはそうだ。幽霊だもの。仲間はそう言って譲二さんのことを笑っていた。

そんな明るく品性下劣な譲二さんが、ある日失業した。数日後、彼は馴染みのバーで、
聞いて下さいよと話しかけてきた。もう大分酔っ払っている。

無職って、幽霊にも嫌われるんですよ。無職になったらあいつのね、視線が冷たいんです。しかも、部屋に出なくなっちまいまして。

——女ってさ。生きてても死んでても、働いてない男キライですよね。

# 異形一体

　彼の住むワンルームマンションが事故物件サイトに載っていることは、住んでいた彼自身の口から聞かされていた。

　そいつは最初、風呂を覗いてくるだけだった。鏡越しに見えるドアのすりガラスの向こうに、背の高い何かが立つ。人間よりふた回りほど小さい顔のようなものがすりガラス上端ぎりぎりに見える。顔は見ようによっては髑髏《どくろ》のシルエットに見える。最初に気付いたときは、全身に鳥肌が立った。何しろ一人暮らしのワンルームマンションである。自分以外、部屋にいるはずがないのだ。

　気付いたときに鏡越しに観察する限りでは、それはこちらに顔を向けたままじっとしている。だが、ちょっと視線を外すともう姿を消してしまう。

　だから何かの見間違いなのだと自分に言い聞かせたりもした。だが、それは毎晩のように現れる。そして人とは怪異にも慣れるものらしい。たとえ異形のものが姿を現しても、特に害が及ばないなら大丈夫だと感じ始めたという。

　そんなある夏の夕方、彼が汗を流そうと風呂場のドアを開けると、洗い場にそれがしゃがんでいた。頭は小さく、白骨化した子供の頭蓋骨に思えた。そこから繋がった首は人間の三倍ほどの長さ。やけに幅が狭いなで肩。上半身の肌はくすんだ灰色。そして腰から下は若干緑がかっている。

詳しく覚えているのは、彼がじっと観察した結果である。何故逃げなかったのかと言うと、そもそも何が起きているか分からなかったからだという。

そこまで確認した時点で、やっと彼は自分の膝が震えていることに思い至った。

風呂のドアをゆっくり閉めて、彼は布団に飛び込んで震えた。外に逃げたら、二度と部屋に戻れないと思ったからだ。

「今そんな訳で家に帰るのが怖いんだ。夜に、ベッドの脇に立っている気もするし。そっちは見ないようにしているんだけど」

早く引っ越せと言っても、彼は何故かはっきりとした返事を返さなかった。

「――どうにかあれと友達になれないかな」

友達になってしまえば、こちらを襲ってきたりしないだろう?

別れ際にそんなバカなことを言うな。早く引っ越せと繰り返しても、彼は困った顔をするばかりだった。

それ以降、彼と連絡が取れない。そこは今も事故物件サイトに載っている。

# あけて

埼玉県内のT市での話である。

当時七重さんの住んでいた部屋は、八階建てのマンションの七階にある角部屋だった。

ある夜、もう二十三時を過ぎて、そろそろ寝ようとしていると、突然玄関のドアノブが激しく回された。驚いてインターホンのモニターを確認するが、誰も映っていない。

住んでいるマンションはオートロックではなく、誰でも玄関先まで入れる。そのときは誰かが部屋を間違えたのだろうと思った。しかし女性の一人暮らしだ。不審者だったらと思い、暫く様子を窺っていた。

すると程なくして再度ドアノブが激しく回された。急いでモニターを確認するが、やはり姿がない。だがモニターに誰も映っていない今も、ドアノブは鳴り続けている。インターホンのカメラは広角で、映す範囲が肉眼よりも広い。カメラに映らないようにドアノブに触れることは不可能だ。

気味が悪いのと万が一を考え、七重さんは警察に通報した。十分程でインターホンが鳴った。モニターで確認すると、制服姿の警官が立っていた。すぐにドアの外に出て状況を説明すると、彼は〈一通り見回るので、施錠して休んで下さい〉と言って戻っていった。ドアに鍵を掛けて寝室に戻り、灯りを点けたままベッドに入る。

少し安心してうとうとした頃にインターホンが鳴った。ああ、先刻の警官だと思ってインターホンのモニターを見ると、髪の長い女性が俯《うつむ》き加減で立っていた。見覚えのない女だ。全身に鳥肌が立つ。慌ててモニターを切ると、背後から声が聞こえた。

「開けてぇ」

懇願するような声に振り向いても誰もいない。しかし、続いて部屋のあちらこちらから開けてぇ開けてぇと陰鬱な声が聞こえ始めた。だが何度見渡しても姿は見えない。

またインターホンが鳴り、ドアノブが回された。ドアノブのガチャガチャという音とともに、「開けてぇ」と懇願し続ける声が周囲を埋め尽くす。

突然部屋の電気が消えた。慌てて壁のスイッチを何度もオンオフさせたが、灯りが点かない。次第に暗闇に目が慣れてくると、すぐ近くに気配を感じる。横を向くと目の前に長い髪に顔面が黒く濡れた女が立っている。

七重さんは大声を上げ、その場にしゃがみ込んだ。

「開けてぇ」

真横に立った女の声が、頭の上から降ってくる。目の前にいると思うと身体が竦む。

しゃがみ込んだまま頭を抱え込み、消えて！　と心で叫び続けた。

どれくらい経っただろうか。気配が消えた。彼女は恐る恐る周囲を見回した。何もないことを確認して灯りを点けた。今度はきちんと点灯した。


その夜から数日間は何事もなく過ぎた。だがある夜、また二十三時を回った頃にドアノブがガチャガチャ音を立てた。先日の夜を思い出しながらモニターを見たが、誰も映っていない。恐る恐る玄関へ行ってドアを開けてみたが、やはり誰もいない。

だが意外なことに、夜の間、ドアノブが回ることはなかった。

彼女はあの女性の言葉を思い出した。

もしや、ドアを開ければ何も起きないのか。

それ以降、ドアノブが鳴った夜は、一度モニターで確認して、誰も映っていないときには、ただ玄関のドアを開けて閉めるを繰り返した。

それが効いたのか、二度とあの女性が姿を見せることはなかった。

ただ、週に二度ほどしかなかったドアノブの現象が毎晩起きるようになった時点で、彼女は音を上げて部屋を引っ越した。

ガチャガチャというドアノブの音は今でも苦手だ。

# 風呂の音

７０５号室で休みの日を過ごしていると、消防車がやってきてマンション前に横付けした。外がざわついていたので階下に降りて野次馬に話を訊くと、７０２号室から女の人が飛び降りたとの話だった。追っ付け救急車と複数台のパトカーも駆けつけた。

その夜から、風呂場から米袋のような何か重いものを地面に叩きつけるような音が聞こえるようになった。大きな音が繰り返し繰り返し響く。

音の出所を確認しようとしても、出所がよく分からない。耳を澄ませても風呂場全体から音がする。そこで暫く音を聞いていると、最後にその正体に思い至った。これは飛び降りた人が地面に叩きつけられて、潰れて弾けるときの音だ。

自分の住む７０５号室の鬼門方向が、飛び降りのあった７０２号室である。そちらに一番近い場所が風呂場に当たる。ただし、それだけでは根拠としては薄い。しかし気にはなるので、翌日お札を貰ってきて風呂場に置いた。すると音はしなくなった。

それから半年ほどして、７０２号室には冴えない中年の男性が入居した。

男性は一週間後にベランダから飛び降り、マンション前に血の花を咲かせて絶命した。

# 水滴

　グアムに遊びに行ったときのこと。

　気の置けない女三人の旅である。目一杯楽しもうと、奮発して少し良いホテルに泊まった。スイートルームは広く、バス・トイレ一体型のバスルームはガラス張りで、女子校時代からの友人同士、何の遠慮もなく一緒に入ってキャーキャー騒いでいた。

　ふとトイレのほうを見ると、ガラスの上部に湯気で濡れた水の塊ができていた。何とはなしに眺めていると水は重力に逆らうように上へ流れていく。

　驚いて騒ぐのを止めて、三人で息を飲んでそれを眺めていたら、水滴はどんどん逆流して膨らんで何かを形作っていく。

　顔だ。明らかに西洋人特有の、女の顔。

　――ヴォオオオォォ！

　獣のように吠えて、水は一気に下へ流れ落ちた。

　異変があったのはこのときだけで、その後の旅行は何事もなく終わった。あれが何であったのかは全く分からない。

# 糞ダサい水の底から

留実子さんはダイエットのためにジム通いをしようと思い立った。

最寄りのジムをインターネットで検索し、比較的に利用料金が安い所へ決めた。

ジョギングや自転車で行くにはやや遠いため、バスでそのジムに向かった。

バスに揺られながら郊外に向かう。こんなとき、少しだけ都心に住むことを憧れる。

そのジムはネットで上がっていた画像の通り、余り洒落た建物ではなかった。

ユーザーレビューには「料金が安い割にプールがあるのが魅力」と書かれてあり、留実子さんもそこに惹かれて決めていた。

受付に向かい、とりあえずゲスト料金で入った。

更衣室で水着に着替える。プールも建物の外観同様に何処かダサく、広さはそこそこにあるものの、学校のプールを思わせるような雰囲気だった。

泳ぎには自信がある。にしても、プールに入るなんていつぶりだろうか。

ゴーグルを着けて、とりあえず潜った。

「あの……ここのプール、人が死んでません？」

「え……」

留実子さんの質問に対し、受付の女性はただ目を伏せた。

「いや、別にいいんですけど。供養とかしてるんですか？」

「あ……一応は。はい……」

何か埒が明かない予感がした。そもそもこの受付の女に罪はない。

着替えて、またバス停へ。


プールの底では、黒の競泳水着を着た若い女が手足を振ってもがいていた。

あ、助けなきゃ、と一瞬は思ったが、よく見るとその女は笑っていた。

その女はいつまでももがき続け、いつまでもこっちを見ていた。

あれだけガボガボと水を飲んで、生きていられる訳がない。

この女、違うな。

そう思うと同時に留実子さんは息が上がり、プールからすぐ出た。

そういう訳で、留実子さんはそのジムに入館から退館まで二十分もいなかった。

# F港の防波堤

七海さんは大学生の頃に先輩に誘われて夜釣りに出かけた。

懐中電灯で足元を照らしながら防波堤の先へと向かう。

「そういえばここ、お婆さんの幽霊が出るっていう噂があるんでしょ」

台風の夜に釣りをしていて波に飲まれた男性の祖母が、防波堤の先端で正座をして一心不乱に祈っている姿が何度も目撃されているというのだ。

「そんな噂があるんだ。これから行くっていうのに、気味の悪いこと言うなよ」

先輩は怖い話が苦手なようだ。

釣り糸を垂らし始めると、今まで凪いでいた海が、急に荒れ始めた。

「危ないぞ！」

先輩の叫び声が聞こえたときには遅かった。彼女はあっという間に高波に飲み込まれた。

冷たく真っ暗な海中で目を開けると、何本もの白い手が手招きをしている。見ていると手招きではないことが分かった。白い手のもつれ合った塊が、こちらに向かって水を掻き分けながら近づいてきているのだ。

必死に海面を目指して泳ごうとしたが、暗く冷たい水の中では、どちらが上か下かも分からない。

だが、もがいているうちに、視界に白い光が幾つも射し込んできた。

あちらに泳いでいけばいい！

必死に水を掻いていくと海面に出た。上から幾条もの光が射し込んでくる。必死に七海さんを探す釣り人達の懐中電灯の光だった。

「いたぞ！」

七海さん目掛けてロープが投げ込まれた。それに捕まることで、彼女は無事堤防の上に引き上げられた。

海水で身体は冷え切り、筋肉が酷く震えている。

救助してくれた釣り人達に何度も礼を言い、すぐに帰宅した。

冷え切った身体を熱いシャワーで温めようと、脱衣所で服を脱いだ。

服を脱いで鏡に映った自分の肌に目を奪われた。

全身をびっしりと覆うように、真っ赤な痣となった手の痕が浮き出ていた。

# 池

優子さんは、川釣りが趣味だ。

休みの日には釣り道具を車に乗せ、一人、山へ向かう。

大体はお決まりの山、お決まりの渓流で糸を垂らすのだが、その日はいつもより上流に向かい、ちょっとだけ藪を掻き分けた。

何故、そうしたのか理由は分からない。


池があった。

沼のようなものかと警戒しつつ近づいた。検《あらた》めると池の際の地盤はいかにもここに立って釣りをして下さいといわんばかりに乾いていて硬い。池を覗き込むと、ゆらゆらと水中を漂う魚が見えた。

池の周辺にはゴミや歪な伐採の跡など人の手垢が付いている様子もなく、これは良いスポットを見つけたと、優子さんは胸を躍らせた。

早速、釣りを始めると小魚が次々と釣れる。

が、余りに簡単に釣れるため、一時間もしないうちに飽きてしまった。

釣果は全て、釣ったそばからリリースしているため、場所を変えるのも簡単だ。

だが、川に戻ろうと踵を返したところ、景色の見慣れなさに足を止めた。

どっちに行けば、川が、帰り道があるのだろう。

上りとも下りとも付かない傾斜がまるで波打つように広がっている。

ここまで来る所要時間を鑑みるに、さほど歩かなくても戻れるには違いないのだろうが、まず方角の当たりが付かない。

まだ陽はあったが大きな薄雲に隠れていて、山中独特の肌寒さが優子さんを心細くさせた。

この場からどちらに動くかで、その後の厄介さが決まる。大きな山ではないのでいつかは公道にぶつかるのだろうが、闇雲に進んでしまっては車まで辿り着くのに相当な骨が折れるだろう。

スマホは圏外。遭難というほどではないが、迷っていることに違いはない。さっきまで呑気に釣りをしていた自分が愚かに思えた。

風が吹き、大きく木々が揺れた。急にドッと疲れを感じた優子さんは、まずは動揺を抑えるため、その場にしゃがみ込んだ。

どれだけそこで呆けていたか定かではないが、不意に肩をとんとんと叩かれて我に返った。振り返ると、微笑む老人が背後に立っていた。

厚手のトレーナーとチノパンを穿いた、六十歳は超えていそうなお爺ちゃんだ。

優子さんは助けを乞うために何か話そうと思ったが、何故か声が出ない。

お爺ちゃんは口を開いて「ふっ、くっ、すっ。ううら」と聾唖《ろうあ》を思わせる言葉を発しながら、時折、ある方向に指差しながら身振り手振りで何かを伝えている。

優子さんはまだ声が出ない。どころか、身体も動かない。

老人は「うろ、ううむ」という調子で、ある程度何かの意思表示をした後、ふらふらと池に向かい、いかにもいつもそうしているかのように、直立の姿勢のままピョンと池に飛び込み、姿は見えなくなった。

しかし、大人が水に飛び込んだというのに、ザブンともポチャンとも音がなく、そもそもこの池はあのお爺ちゃんの全身が浸かるほど深くもない。

呆気に取られている間に身体は動くようになった。

優子さんはお爺ちゃんの指を差したほうへ進み、十分余りで自分の車に着いた。

# ウォーキングとデッド

妻から「最近、太ってきたんじゃない?」と言われたことが、ウォーキングのきっかけだった。運動は嫌いだったが、兼ねてから会社の健康診断で、中性脂肪の高さを指摘されていたこともあり、その一言が背中を押す形となった。

なるべく腕を振って、呼吸を意識しながら早朝の道を歩くのは、思いのほか楽しかった。

一カ月もすると、目に見えて痩せ、身体が軽く感じられた。

「このまま煙草も止めてしまおうかな」などと、かつてなら思いもしないようなことを口にし、健康の大切さを感じた。

「良い感じだね。あたしも一緒に歩こうかな」

「ああ、いいよ。一緒に歩こう。五時起きできる?」

「うーん、頑張る」

翌朝、眠い目を擦る妻を引き連れて、ウォーキングを開始した。

まず、会社の反対側へ向かう。

住宅の間にある小道に入って、大通りに出る。

大通りの歩道を暫く行く。

日々、信号がないほう、車通りの少ないほう、歩道が広いほう、と歩いてみた結果の最善のコースがこうだ。

丁度、郊外に出るか出ないかのところで、Uターンする。

そして、元来た道を戻れば、到着が六時半。シャワーを浴びて朝食を摂ればばっちりだ。

「どうだった？　歩いていると眠気も飛ぶだろ」

帰宅後、妻にそう声を掛けた。行きはそこそこに会話が弾んでいたが、帰り道では疲れたのか、殆ど妻は無言だった。

「あのさ……」

「ん？」

「やっぱりあの家が怖いから、あそこで後戻りするの？」

「あ……」

あの家。

真っ黒に焼けただれた少女が庭に立つ、町の外れにあるあの家。

「お前も……見た？　見えた？」

気のせいじゃないらしい。自分だけが見える訳じゃないらしい。

「見たよ。見えたよ。何で、あんなのいるって分かってて、あそこに向かっていくの？」

「何で……って……言われても」

分からない。

問いかけの答えが分からない。それまでの自分が何を考えていたのか分からない。

「……コース変えよ？　そしたら、ウォーキング、嫌いじゃないかも」

と妻は言うが、もう外にすら出たくない。

# 資料室

夏樹さんが二十代の頃、建築関係の職人だった父親の仕事を手伝うために、埼玉県内のとある市役所へ向かった。案件は古びた庁舎の地下にある資料室の改装である。案内されたのは窓もなく、暗くなった電球が点いているだけの陰気な部屋だった。

ドアの下にストッパーを挟み込み、父親と二人で資材と工具を車から運び入れた。だが作業を開始しようとすると、父親が舌打ちした。車に道具を一つ忘れてきたのだという。取りに行くと言い残して彼は部屋を出ていった。夏樹さんは一人で作業を開始した。

暫くすると古びたドアが軋みを上げながら開く音がした。父親が戻ってきたのかと、手元に視線を向けたまま仕事の段取りについて訊ねた。しかし何の応答もない。不思議に思ってドアのほうを見たが誰もいない。ドアはストッパーが掛かっていて、そもそも開きっぱなしである。それに気付くと同時に背中に怖気が這い上がった。不安に思いながらも、じきに父が戻るだろうと、作業を再開した。

すると今度は何処からともなく、ギィィギィィと軋む音が聞こえ始めた。先程と同じ音だ。音の出所を探そうと周囲を見渡したが、ドア以外にそんな音を立てるような場所はなく、そもそもドアは開きっぱなしである。不安に感じていると、またギィィと音がした。

それからは、錆びついたブランコが揺れているように、一定のリズムでずっと鳴り続けた。部屋の中を一巡し、何も音源がないことを確認したが、その間も音が止むことはなかった。

——遅いなぁ。

床にしゃがんで材料と道具の仕分けをしていると、背後に気配を感じた。遅かったじゃないと声を掛けながら振り向くと、空中で足が揺れている。

思わず立ち上がる。天井の梁からロープで首を吊った男が下がっていた。ワイシャツ姿。顔がパンパンに膨れている。

悲鳴も出ない程驚いた夏樹さんは、咄嗟に部屋から出ようと一歩足を踏み出した。

すると、ロープでぶら下がっている男が、夏樹さん目掛けて天井から落ちてきた。

当たった。衝撃で床に転がされた。男の四肢が夏樹さんに絡もうとしている。

彼女はパニック状態で叫び声を上げ、両手足を激しく振りながらもがいた。

丁度その場に父親が戻ってきた。

「お前、何してんだ」

呆れたような声に腹を立て、夏樹さんは父親に怒鳴り声を上げた。

「見れば分かるでしょ！　天井から自殺した人が落ちてきたのよッ」

「誰もいないぞ」

落ち着けよ、どうしたんだと言われて周囲を見渡すと、確かに誰の姿もない。

しかし、腑に落ちない夏樹さんは、今体験したことを一通り説明した。

だが父親は全く取り合わず、〈こういう仕事をしてると、変なことはよくあることだから、少しは慣れておけ〉と言うだけだった。

納得できないまま、作業が開始された。

途中で脚立を立て、先程男性がぶら下がっていた梁を確認した。埃の積もった梁には、ロープのようなものが擦れた跡がくっきりと残っていた。

# 女性工員

潔さんは彼女と二人でアパートを借りて、半導体を作る工場で働いている。

勤務シフトは夜勤である。夕方から明け方までが担当だ。工場ではライン長を任命されており、その時間帯の生産工程には責任がある。

ある夜、彼はガラス張りの喫煙ルームで、一服しながら書類を確認していた。早い時間帯には煙草を吸いに来る工員もいたが、深夜には誰も入ってこない。

気付くと、外の廊下を白い頭巾にマスク姿の小太り体型の人影が、行ったり来たりしていた。小走りで廊下の端まで行っては戻る。もう何分もそんなことを繰り返している。

潔さんは、工員がサボっているのかと思い、人影が通り過ぎた直後にドアを開けた。

しかし廊下には誰もいない。見間違いかと首を捻る。引き続き書類に目を通していると、またちらちらと視界の端を何かが通り過ぎる。

窓のほうに視線を向けると、また先程と同じ人影が右往左往している。

「入りたいなら入れよ。仕事サボってるんじゃねぇよ」

そう声を荒らげると、見覚えのない小太りの中年女性がドアを開けて入ってきた。

「あぁ、すいませんね。ちょっと大きい声出しちゃって」

そう言われた女性工員は、はぁと頭を下げると、奥の長椅子に座った。灰皿の前にはいるが、煙草を吸う訳でもなく、ただじっとしている。何か相談事でもあるのかもしれないとも思ったが、ただじっとしたまま五分十分と時間だけが過ぎていく。

流石にバツが悪い。潔さんは書類の束を持って喫煙ルームを後にした。


退勤の時間になった。シフトを定時で上がると、先程の女性工員とすれ違った。お疲れさまと頭を下げ、着替えて駐車場に向かっていく。朝日が眩しい。

車まで行く途中、頭巾にマスク姿で白衣を着たままの女性工員が、ずっと潔さんの後ろを付いてくる。

ちらちらと後ろを気にしながら、最後は小走りで自分の車まで辿り着いたが、何故かその朝に限ってタイヤがパンクしていた。得体の知れない女に後ろから付けられていることもあり、潔さんは大通りまで出て、タクシーを拾って帰ろうと考えた。

車はまた昼過ぎに早出をしてきて何とかすればいい。とりあえず荷物を車に放り込み、貴重品だけをポケットに詰めて駐車場の出口へと移動を開始した。

すると今まで何処かに隠れていたのか、また例の女性工員が後を付いてくる。

大通りまで出た。思ったよりも車通りが少ない。携帯でタクシー会社に電話したが、なかなか繋がらない。フリーダイヤルなのに繋がらないことがあるかと舌打ちする。

何度目かのリダイヤルで電話が繋がった。コンビニの前に一台配車するように伝えた。

指定したコンビニでコーヒーを買って待っていると、ガラスの向こう側に、白衣にマスク、頭巾をかぶった小太りの女性工員が、店内を覗いていた。

——制服は工場からの持ち出しを禁止されている。だからここに白衣姿の奴がいるはずがない。俺の頭がおかしいのか、相手がおかしいのか、それとも何か別の理由があるのか。

考えている間にタクシーが到着した。店を出て、そそくさとタクシーに乗り込む。

女性工員は、タクシーに向かって小走りで近寄ってきた。運転手に早く出してくれと伝えて、それを振り切った。


アパートに帰り着き、彼女を起こさないように布団に潜り込んだ。

昼前に目が覚めると、彼女が持って帰ってきた服を洗っておいたよと言った。

「でも潔君、いつもＬＬサイズの服着ているはずなのに、Ｍサイズだったよ」

そんな服は持って帰っていないと主張しても、彼女は不思議そうな顔を見せた。

彼女が洗濯した服を持ってきた。確かにＭサイズだ。着られる大きさではない。

上着とズボンには、消えかかった名前が書かれていた。〇〇トヨ子と読めた。

彼女からは、盗んできたのかと疑いも掛けられたが、潔さんには一切覚えはない。そもそも持ち出し禁止だ。しかも潔さんの知る制服とは微妙にデザインが異なっている。

その夜に出勤すると、潔さんは総務部に寄った。そして何故か制服が自分の所にあったと伝えて、服を差し出した。すると、事務員は奇妙なものを見る目をした。

何か問題があるのかと潔さんが訊ねると、彼女は制服の消えかけた名前を指差した。

「私ももう二十年近く勤めているけど——この人、私が勤め始めた頃に、身体壊して亡くなっちゃって、制服が回収できていなかった人なんですよ。これ——何処から出てきたんですか」

潔さんは今朝方、雪だるまのような体型の人に追いかけられたのだと説明した。

すると事務員は、〈確かにトヨ子さんは、そういう体型だった〉と頷いた。

数日後、その事務員に呼び止められた。トヨ子さんの制服が、また何処かに消えてしまったと伝えられた。

いつか出てきたらよろしくと言われたが、潔さんはお断りですと答えた。

# 閉架の人

麗奈さんは図書館司書である。

ある夜、彼女は閉館後に配架の仕事をしていた。配架とは返却された本を本棚に戻す作業である。返本台の本をワゴンに載せて、あるべき位置に一冊ずつ戻していく。配架待ちの本の中に、閉架の本があった。閉架とは基本的に来館した人が直接見ることができない本棚だ。書庫と呼んでも良いだろう。

彼女は閉架の本棚へと配架するのが苦手だった。なぜならこの図書館では、閉架の本棚の間に幽霊が出るからである。

覚悟を決めてエレベーターで地下の閉架に向かう。大型の電動集密書架が並んでいる。集密書架とは、レール上に配置された本棚を移動させ、通路の場所を変更することができる本棚である。

――今日も、いる。

耳を澄ますと、蛍光灯のぶーんという音に混じって、微かに人の声が聞こえる。男性の声だ。しかし何を言っているか、内容までは分からない。

仕事仕事。気分は乗らなかったが、とにかく仕事を終えなければ帰れないのだ。

本棚の間に開いた通路に誰もいないことを確認し、スイッチを押した。

モーター音がして、巨大な本棚が移動し、目的の位置に通路が現れた。

ワゴンから本を抱えて通路に入り、本を元あった場所に挿し込む。

そのとき、本棚の向こう側に男性が立っているのが見えた。

可動式の本棚と本棚の間には拳ほどの隙間もない。そこに人が立つことはあり得ない。

だから、この男性は、いてはいけないはずの存在なのだ。

膝が震えた。

男性は聞き取れないような小さい声で、何かをブツブツと呟きながら、ずっと本を探すような振る舞いを続けている。

呟いているのは本のタイトルなのかもしれない。何の本を探しているのか気にはなったが、恐怖でそれどころではない。

麗奈さんは逃げるようにして部屋を後にした。

男性は年に数回、閉架の本棚の間に姿を現す。

ずっと呟きながら本を探し続けている。

# 夜のスーパーマーケット

弘前市にある私の実家の近所には、街で一番の繁華街がある。
そこには昔、一軒のスーパーマーケットがあった。
今はもうない。

とあるメンパブで働く男性が、心筋梗塞で亡くなった。
明るく元気な若者だった。
夜の街は彼の訃報に沈んだ。
「スーパーで彼を見た」
その噂はすぐ広まった。
生前、彼はよくつまみや食材の買い出しで、そのスーパーを利用していた。
噂では深夜、そのスーパーに買い出しへ行くと、店内で商品を物色する彼がいて笑顔で

「お疲れぇ！」と挨拶をするのだそうだ。生前と変わらぬ快活さのせいか、誰もが「あ、お疲れさまです」と返事をしてから、ハタと考え込む。

私はそのスーパーでアルバイトをしたことがあるという女性にこの話をしたことがある。すると、こんな話をしてくれた。

あの店は、入店する姿は確認できても、その後退店する姿を確認できないお客さんが沢山いるんですよ。

出入り口なんて一つしかないんですがね。

品出ししていても、あれ？　と思うこと何回もありましたよ。

お客さんがいるような、いないような。目の前にはっきりいても、そのお客さんが本当にいないような。逆にいると思って横を見たら、いないとか。ただ、怖い感じはしないんです。私、スナックでも働いていたことあるから、何だか気持ち分かるんですよ。だって、色々あるけど、夜の仕事は楽しいから、離れると寂しいですもん。

以上、今はもうない、スーパーの話である。

# 黒くて細くて艶のある

佐伯さんは駅ナカの飲食店で働く男性だ。

ある日、肉の仕込みをするために、早出をした。朝一なので店舗には他に誰もいない。

見ると、流しの横に置かれたまな板の上に、黒い髪の毛が何本か散らばっている。

佐伯さんは舌打ちした。衛生状態に気を使わないアルバイトが気付かないまま放置して帰ったのだろう。

髪の毛は長さにして三十センチほどもある。長くて細い。女性のものだろう。

仕込みを終えて営業時間になり、客のごった返すランチのピークタイムのことである。

ライスを皿に盛ろうとしたときに、炊飯器に長い髪の毛が一本入っていた。

コールスローのタッパーからも同じように長い髪の毛が一本出てきた。

今までにこんなことはない。店員の誰かが髪の落ちたことに気付かなかっただけかもしれないが、それにしてもお客に出す食べ物に混入するのは余程のことである。

佐伯さんは誰のせいだろうと一人一人の店員の顔を思い描いた。そこで気が付いた。黒くて長い髪の毛の女性は、アルバイトを含めて店員に一人もいなかった。

翌日、松田さんというパートの女性とこの件について喋りながら仕事をしていると、親子丼の注文が入った。卵を割ると、中から髪の毛が出てきた。

白身に黒くて長い髪の毛が混入してとぐろを巻いている。

佐伯さんに手招きされて、それを確認した松田さんも黙ってしまった。

これは店の衛生状態というような話ではない。二人とも黙ったまま一日が過ぎた。


「あたしも見ましたよ」

翌日、遅れて仕事に入った佐伯さんに松田さんが声を掛けた。

彼女が朝一で仕込みの準備をしているときの話である。

冷蔵庫の野菜のケースからナスを一本取り上げた。するとそのナスに、長い髪の毛がぐるぐる巻きになっていた。

松田さんは青い顔で、まだ続きますかねと聞いてきた。

「分かりませんが、これもしかしたら、あれが原因なのかもしれませんね――」

あれとは、数日前にその駅のホームから若い女性が急行列車に飛び込んだことだ。その現場が丁度店舗の真上なのだ。

しかし、飛び込みと髪の毛の出現との間の因果関係は不明である。

# 夜の図書館

アケミさんが高校二年生だった頃の、夏のこと。

塾帰りに、図書館に本を返しに行った。

確か、夜の七時か八時頃。そうアケミさんは回想する。

図書館は閉館しており、建物の外側に設けられた返却ポストに向かった。

ポストの横には館の入り口があり、セーラー服を着た女学生が一人、入り口の前に立っていた。誰かを待っているというよりは、今にも入り口の自動ドアが開くのを待っているようだった。女学生は既に消灯し、真っ暗の館内をドアのガラス越しにじっと見ている。

真横にアケミさんがいることを意に介している様子もなく、アケミさんもまた、その見知らぬ女学生に用はない。

本をポストの口に落とし、家に戻った。

そして寝る前に、ふと図書館の女学生の姿を思い出した。

あの子、何処かで見たことある。でも、何処だったかしら。

制服が違うから、同じ学校じゃない。

かといって、私が知っている他校の制服でもない。

でも、顔は見たことある。

誰だったかしら。あんなに思い詰めた顔をしていたことだし、声を掛けたほうが良かったのかしら。

そこまで考えたときに、思い当たる節に行き当たり、思わず「あっ！」と声が出た。


翌日の学校。

「ねえねえ。あたし昨日、ほら。一年生のときに違うクラスに転校してきた女の子見かけたよ。覚えてる？　すぐ学校に来なくなったあの子。図書館にいたよ」

アケミさんは友人にそう話した。

すると友人は、「えっ？　その子死んだよね？　何かいじめられたとか何とかで、自分で死んじゃったんじゃなかった？」と言った。

「何それ？　初めて聞いた。違う違う。生きてるよ。昨日見たもん」

そんな話をしていると、他の友人も会話に入ってきて、

「いじめで死んだんじゃないよ。勉強が嫌になって死んだんだよ。両親がスパルタだったんだって」

「え？　見たってほんと？　じゃあ、お化けじゃん」

「図書館でしょ？　そういえば、そういう話、他のクラスの男子も話してた。夜の図書館辺りは『出る』って」

と大いに盛り上がったが、アケミさんは、私の人違いだったのだろうと、心に収めた。

だが、夏の間、塾帰りに図書館へ本を返却しに行くたび、アケミさんは何度も同じ女学生の姿を見ることになる。

記憶にあるあの転校生は、いつ見かけても暗い表情で入り口の前に佇んでいた。

勇気が出ず、声を掛けることはできない。

かといって、避けるようにもしたくなった。

詳しく訊くとその転校生が一年のときに亡くなっているのは事実だった（母も知っていた）が、何故、どのように亡くなったのかまでは、今も分からない。

# ロケット花火

ある夜、静岡県の海沿いに住むヤンキーの仁さんは、悪友二人から山梨まで行こうと誘われた。とある湖畔の廃ホテルが、大変素晴らしい心霊スポットだというのだ。

仁さんの車には、いつでも何本かの懐中電灯が積んである。彼は歴戦の心霊スポットマニアなのだ。もちろん素晴らしいスポットと聞かされては黙っていられない。彼らは意気軒昂、噂のホテルを目指した。

現地に到着して早速探索を開始した。ホテルの建屋に一歩入ると、三人の懐中電灯が一斉に消えた。慌てて建物から出ると点灯する。何だこれとまた建物に足を踏み入れると、やはり一斉に消える。仁さん以外の二人は、ライターの火の灯りで探索を続けると宣言した。しかし仁さんは下で待つことにすると告げた。意外と慎重派なのである。

ホテルのロビーにはウレタンの剥がれたソファや、ピンクの電話が転がっていた。外の光も届かない中で、上階に行った悪友を待っていると、二人は大きな足音を響かせながら慌てて階段を下りてきた。仁さんは仲間の駆けてくる足音に飛び上がった。

「ちょっとお前らどうした。マジビビるんですけど」

「お前、上で凄い音が聞こえただろ。三階の奥の部屋に先客がいて、何かすげぇ暴れてるような音がしたんで逃げてきたんだ」

三人は建物から転がり出た。逃げ帰ってきた二人は再度ホテルに入るつもりはないようだ。だが素人にビビらされたとなると、このままでは帰れない。これは強面ヤンキーとしてのメンツの問題でもある。

「そうだ、車にいいものがある。花火やろうぜ」

仁さんは先日買った花火を車に積みっぱなしだったことを二人に打ち明けた。

「仁、でかした。俺らは何処までもツッパるぞ」

車から花火を運び込み、ライターで小さな蝋燭に炎を点けた。

「音がしたのは何処の部屋だ」

「三階の角だ」

「よし、ロケット花火だ。ビビらせてやる」

一歩間違えれば放火。そうでなくとも放火未遂。しかし三人はお構いなしだ。

ロケット花火で、仲間のいう三階角部屋の窓を注意深く狙った。ぴゅうと音を立てて輝線がガラスの破れた窓を潜った。

だが、やったと声を上げる間もなく、それは三人の元に返ってきた。投げ返されたとしても不自然なほど正確な軌道だった。

直後、三人の足元でロケット花火は音を立てて弾けた。

「うっわ。すっげぇ怖いんですけど」

「何だこれ。もっかい打ち込んでやろうぜ」

諦めない。ここは気合いである。

二発目のロケット花火は、部屋の前に設えてあるベランダに落ちた。

着地した花火は、火を上げながらベランダ間を隔てる敷居を飛び越えて、左右に何度もぴょんぴょん跳ね続けた。

ベランダで繰り返し炎が軌道を描く光景に、一体何が起きているのかと三人は呆気に取られた。

花火がぱんと弾ける音が聞こえた直後、我に返った三人は走り出していた。

逃げ帰った三人は、以降心霊スポット巡りからきっぱりと足を洗っている。

# ブタ子

電車の中で、髪をメッシュに染めた男子と、眼鏡の男子の二人が話をしていた。

「でさ、ブサイクデブが、俺に凄いアタック掛けてくる訳。でも好みじゃないし、腋臭《わきが》が気になるしさぁ。こっちは乗り気じゃないんだけど、やたらグイグイ来る訳よ」

季節は五月の連休を過ぎた頃。二人はどうやら今春大学に入学したばかりらしい。

「そしたらさ、そいつといつの間にかメッセージ交換することになってさ」

「お前上手いこと乗せられてんじゃないの」

「いやだから好みじゃないんだって。俺、自分の中ではブタ子って呼んでんだけどさ」

そう言われて眼鏡の学生はゲラゲラ笑ったが、メッシュの彼は真顔になった。

「でも俺、この前マジで怖い経験したんだよ」


先週末、彼はブタ子に一方的に押し付けられたデートの予定をドタキャンし、他の友達とカラオケに行った。遊び疲れたので、直接部屋に帰ってうたた寝をしてしまった。

夜中にふと目が覚めた。机の蛍光灯が点きっぱなしで、部屋はぼんやりと明るい。

今何時だろうとスマホに手を伸ばす。指先にスマホが触れると同時に、自分の頭の上の壁際に太った女が立っているのが視界に入った。見上げていくと、ブタ子だった。

こいつ、よりにもよってストーカーかよ！

全身から脂汗が滲んだ。予定をドタキャンした罪悪感はあったが、勝手に部屋に上がられる謂われはない。しかしこのままだと何をされるか分かったものではない。

緊張していると、スマホの画面が点灯した。誰かからメッセージが届いたのだ。それがきっかけとなって、彼は立ち上がった。スマホを拾い上げ、一目散に部屋を飛び出す。途中、アパートの階段を駆け下りながらスマホの画面を確認すると、通知が読めた。

先程届いたのは、ブタ子からのメッセージだった。

「今日は残念だったよ。来週、水族館行かない？」

そんじゃ、今部屋にいたのは誰だよ！

彼は恐る恐る部屋に引き返した。もうブタ子はいなかったが、残り香が明らかに彼女の腋臭の臭いだった。

「俺、ブタ子に住所も教えてないんだよ。どうすりゃいいんだよ。マジ怖ぇんだけど」

黙って話を聞いていた眼鏡の顔色が蒼白になった。そして「俺、そういう話駄目。無理」とだけ言い残すと、無言のまま次の駅で列車を降りて、振り返らずに行ってしまった。

# 抜ける女

河本君の一族の間では有名な話なのだそうだ。

叔父のマサヒロさんは、昔なかなかの女好きだった。

見てくれは良く甲斐性も抜群で、とっかえひっかえ交際相手を変えても、「あいつは遊び人だな」と茶化されることはあれど悪評が立つことはなく、何事も綺麗に終わらせることに長けていたそうだ。

だが、そんなマサヒロさんでも、一度だけ痛い目にあったことがある。

近所のタバコ屋の娘アヤコに手を出したときがそれだ。

夜半、恐ろしい形相でマサヒロさんのアパートに押しかけてきたアヤコの手には、藁人形があった。

「お前！　お前はこの藁人形で呪う！　絶対に許さない！」

そう叫ぶアヤコの姿にマサヒロさんは慄《おのの》いた。

「ごめん！　悪かった！　悪かったから！」

常人の顔つきには到底見えないアヤコに、マサヒロさんは土下座して謝るほかない。

「許さない！　絶対に許さない！」

アヤコはまだそう叫ぶ。

「どうすれば許してくれる！　何でもするから許してくれ！」

刃物ならまだしも、藁人形を持つ女にこの言葉が出たからには、余程恐ろしかったのか、あるいは甲斐性の賜物か。とにかく言われたアヤコはまんざらではなかったらしく、「結婚してくれたら許す」と、一転してしおらしく言った。

「結婚。分かった。結婚する」

マサヒロさんはそう返答した。

すると、その言葉を待っていたかのように電話が鳴り、同時にアヤコの姿はパッと消えた。

マサヒロは吹かれた蝋燭の火のように一瞬で消えた女の正体を一考する間もなく、反射的に受話器を取った。

『マサヒロさん。あたし。アヤコ。さっきのはちょっと懲らしめてやろうと思っただけで、結婚はしなくていいから』

「え……？　お前、今何処に……」

『藁人形も嘘よ。呪ったりなんかしないから』

「ああ。かついだのか。何にせよ。その。……悪かった」

『ええ。いいわ。気にしないで』

「で、お前、今何処にいる。急に姿が見えなくなった気がしたんだけど。あれはどうやったんだ」

『憎んだのよ。ただ、憎んだの。そしたら、抜けちゃった』

「抜けた？」

『ええ。抜けたの。あたし、抜けられるみたいね。さっきみたいに』


それが二人の馴れ初め……とはならず、アヤコさんは数年後隣町へ嫁いでいき、マサヒロさんはといえば、女遊びをする度に「この女は抜けたりしないだろうか」とビクビクするようになったのだそうだ。

# ぽとり

雛子さんの元に、高校時代の親友の名で送られてきたものは、可愛らしい四等身ほどの女の子の人形だった。人形はパッケージから外され、本体だけが白い綿に包まれて届いた。箱に手紙などは入っていなかった。だから、何故彼女がそれを誕生日に突然送りつけてきたかはよく分からない。昔気まずいことになってから、最近はずっと連絡を取っていなかったため、相手の現況は全くの不明である。送り主の住所は雛子さんの住所になっており、発送元が市内だということは消印から読み取れた。

不思議な贈り物だが、きっと自分が人形を集めていることを覚えていてくれたのだろう。そう好意的に捉えることにした。

自室にはお気に入りの人形達が飾ってある。今はタンスの上に四体。カラーボックスの上に二体。他にも沢山持っているが、表には出していない。

届いた人形を何処に飾ろうかと思案しながら部屋に入ると、人形達の頭部が首を支点にゆらゆらと揺れている。驚いた雛子さんは抱えた人形を一旦机に置いて、タンスに駆け寄った。ポーズを取らせている人形達の首は、そんなに簡単に動くものではない。

次第に頭部は激しく揺れ、ほぼ同時にぽとりぽとりと全て落ちた。長い髪を絡ませて床に転がる。タンスの上には頭部の外れた人形達が相変わらずポーズを決めている。

頭を拾い上げてカラーボックスを見ると、こちらも頭が外れ、人形達の足元に落ちていた。合計六体の頭が同時に落ちたことになる。

不穏なものを感じ、机の上に置かれた貰い物の人形に目をやると、箱は残っていたが人形がいない。何処に紛れたかと夜まで徹底的に探したが、見つからない。

人形を送ってきた親友に連絡を取ろうと、昔の携帯や実家の電話にも電話してみた。しかし解約されているのか連絡が取れない。ＳＮＳで探してみてもそれらしい人物は見当たらない。共通の友人達に問い合わせても、今は連絡を取っていないと言われた。

それ以来、雛子さんの元に来た人形の首が落ちる。毎回首を回すようにして何度か頭部を揺らし、足元にぽとりと落ちる。

辛い思いを繰り返した雛子さんは、人形を集めるのを止めてしまった。

誕生日に友人から届いた四頭身の人形も、あのとき以来一度も姿を見ていない。

# くるみ割り人形

飲食店には害虫がつきものである。大塚さんの店でも徹底的な駆除のために、燻蒸剤なども使いたいのだが、食器を全て洗い直す手間などを考えると億劫で、殆ど粘着式トラップに頼ってしまっている。

居抜きで入ったときから、出勤するとキッチンカウンターにゴキブリの死骸が落ちていることがあった。大抵死骸は真っ二つに切断されている。縦の場合も横の場合もある。

ある夜、売り上げのチェックのために遅くまで店に残っていた。すると、ゴキブリがかさかさとカウンターを這っていた。この野郎、駆除してやるぞと思ったが、何か捕獲したり潰したりできる手頃なものがない。

どうすべきかと迷っていると、入居前からカウンター端に立っている巨大なくるみ割り人形が、突然ゴキブリに飛びかかると、ぎゅっとそれを握りしめた。

まさかと思っていると、人形は手にしたそれを口に持ち運んで、真っ二つに噛み千切った。生きているかのようだったが、食いちぎった直後、人形は元の姿に戻った。

今でも時々切断された死骸が転がっている。人形をどうにかする予定はないという。

# 結婚祝

貴子さんの実家には、母親の優紀さんが結婚の贈り物で貰った人形がある。

女の子を象《かたど》った陶器の人形だ。

結婚した直後に、優紀さんの元に贈られてきたのだが、送り主の名前が書かれていなかった。だから誰から贈られたものなのか、今でも分からない。

「本当は、この人形、四つもあったのよ」

話を訊くと、日を置いて宅配便で届いたのだという。

どの人形の箱にも、〈結婚祝〉と熨斗《のし》が掛けられていた。だから自分達の結婚を知っており、新居の住所も分かっている人間から届いたものだ。

しかし、心当たりのありそうな人に訊ねても、そんな人形は贈っていないという。結婚式の披露宴に呼んだ人の名も、二次会に参加してくれた人の名も、どちらも名簿に残っていて手元にある。御祝儀復路も引き出物を渡したリストもある。だが、誰が人形を送ってきたのかは、杳《よう》として分からなかった。

可愛らしい人形だったので、四体並べてタンスの上のガラス扉の中に飾っておいた。

ある日、妊娠した優紀さんが産婦人科から戻ると、ガラス扉の内側に置かれているはずの人形のうち一体が、タンスの下で砕けていた。

夫は仕事に行っている。誰も部屋に入ったはずはない。

人形の残骸を箒で集めていると体調が急変した。病院に担ぎ込まれた彼女は日付が変わった頃に流産した。

妊娠すると人形が砕ける。それは三回続いた。

流産、流産、死産。

「最後は神社に行ってお祓いしてもらったのよ」

そしてやっと貴子さんが生まれたのだという。

# トーテムポール

ある日、圭介さんが会社から帰宅すると、ベランダに何かが立っているような影が見えた。

一体何が立っているのかと、掃き出し窓を引いてみると、そこには三本並んだトーテムポールが立っていた。トーテムポールとはネイティブアメリカンの部族に見られる柱状に彫刻を木に刻んだものだ。多くは動物や精霊をモチーフにしている。

圭介さんのベランダに突然現れた三本の柱は、彫刻の施された四段、又は五段重ねになっていた。一部は鷲だか鷹だか分からないが、鳥の彫刻が羽を広げている。高さはベランダの天井まである。昼でも夜でも見える。しかもそれらはコンクリートの床から直接生えているようだった。

最初は気持ちが悪かったが、別段柱は何か悪さをする訳ではなさそうだ。そう思った圭介さんはトーテムポールの写真もデジカメで何枚か撮った。

一月ほど経った週末のことである。その日はマンションの防災設備点検があった。昼頃やってきた作業員がベランダに立ち入ったときに、うわっと声を上げた。その直後、三本のトーテムポールは跡形もなく消えた。

今の、見ましたよねと遠慮がちに確認すると、作業員は勢いよく何度も首を縦に振った。

それ以来、トーテムポールは出ていない。また、その日を境にデジカメで撮ったはずの柱の画像も、柱だけが全て消えて殺風景なベランダ画像に変わってしまった。

「あの、実はトーテムポールをベランダに置こうと思って。これから丸太を買ってきて、少しずつ彫ろうと思うんです」

別れ際に圭介さんは照れたようなはにかんだ笑いを浮かべながらそう言った。

理由は特にないらしい。ただ、あったほうが自然だと思ったからだという。

# 短い話

短い話だし、これ以上は訊かれてもよく分からないので答えられないのだと、知り合いの先生は言った。

彼女は元々九州北部の山あいの出身で、今から二十五年ほど前にその地を去り、高校時代からは博多で過ごし、関西の大学に進学した。今は都内で語学を教えている。

父母と彼女が引っ越した理由が、石像の祟りだという。

聡明な人で、日英二カ国語に堪能。会話の端々から合理主義者であることを窺わせる人から、そんな意外な言葉が漏れた。


彼女の祖父が、畑を耕していたところ、敷地の端から古い石の像が現れた。お地蔵さんかもしれないし、道祖神にも見える。磨耗してしまってよく分からない。ただ、その像に新しい傷が入っていた。祖父が打ち込んだ鍬《くわ》が付けた傷だ。

その夜、祖父は突然高熱を発して寝込んだ。二十年間風邪を引いたこともないことが自慢の祖父だった。高熱は一週間続き、最期は肺炎で亡くなった。

祖父は今際の際に、枕元に彼女を呼んで言った。

「今すぐこの村を出ていきなさい。石像が祟ったから、もう逃げるしかない」

彼女は最初は馬鹿馬鹿しいと思っていたが、祖母も早く出たほうがいいと言い、結局祖父の葬儀の直後に博多に引っ越した。

「両親によれば、祖母はそれからずっと石像を祀っていたといいます。そうしている間は特におかしなことも起きないんですが、村でその石像に悪戯をした子供が大怪我をしたり、変なことが続いてるって、両親が言ってます」

そして今年の春に、祖母が老衰で亡くなったことを知ったが、彼女だけ葬儀に出られなかった。来たら命を取られるから、あの子は来てはいけないというのが祖母の遺言だった。

「それで、これからどうなるのか、私にも分からないし、訊かれてもこれ以上は正直、分からないんです。ごめんなさい」

彼女はそう言って頭を下げた。

# 赤べこ

友人からの福島土産で手に入れた赤べこの民芸品を、客間のタンスの上に飾った。

それ以来、時々タンスのガラス戸が振動してカタカタと微かな音を立てる。タイミングは、必ず赤べこの頭が、風もないのにかくんかくんと上下に揺れた直後である。

部屋が振動すると、黒い半透明の得体の知れないものが窓をすり抜けて部屋に入ってくる。それはタンスの前までまっすぐ歩いてくると、歩みを止めて赤べこに対し恭《うやうや》しく一礼する。そして方向を変え、壁の向こうへとすり抜けていく。

特に害がある訳ではない。ただ半透明のものはこの世のものではないだろう。そうなると気持ちが良いものではない。赤べことの関係もまるで分からない。

ただ、実質何かできるという訳でもない。普段は使っていない部屋なので気にしないことにした。

ある日客間の掃除をしていると、赤べこの頭が激しく揺れ始めた。あたかもロックバンドのライブで頭を激しく前後に揺する観客のようだ。

直後、ガラス戸が大地震でも起きたかのように激しく揺れ出した。ガラス戸がタンスから外れてしまうのではないかと心配するほどの大きな揺れである。

すると窓から入ってきたのは、黒くて半透明で、しかもやたら巨大なものだった。

人間の大きさではない。大型車ほどのサイズである。

見上げるほどの大きさで、部屋に全身が入り切らない。

それもまた赤べこに向かって丁寧に頭を下げた。

流石にこんなに巨大なものがやってくることは想定外である。怖くなったので、赤べこを近所の神社に持っていき、お焚《た》き上げ用のお守りやお札の入っている箱に置いてきた。

それ以降、黒くて半透明のものは部屋に入ってこなくなった。

# 仙人

清さんのお父さんは骨董品が趣味で、時々骨董品屋から奇妙なものを押し付けられる。

ある日、彼が持ち帰ったものは、一幅の掛け軸であった。山と河川を題材とした絵で、墨で描かれている。所謂山水画と呼ばれる水墨画の一ジャンルである。

「へぇ。親父にしてはなかなか良いものを買ってきたね」

素直な感想としてそう声を掛けると、〈今回は買ったんじゃない。貰ったんだ〉と返ってきた。骨董屋から、持っていってくれるなら、只でも良いと言われたという。呪いでも掛けられているのかと心配したが、それはないらしい。

貰った掛け軸を飾り始めてから、家から食べ物が失くなることが頻発した。特に炬燵《こたつ》の上に置いたはずの蜜柑が、毎度いつの間にか姿を消している。ふと気になって山水画を見ると、今まで気付かなかったが、絵の中に仙人が描かれている。それが蜜柑を抱えていた。

そこに父親が来て、お前も気が付いたか、と言った。

「こいつ、時々出てきては、色々くすねてくんだ」

仙人の好物は果物。次に菓子。食料は手当たり次第に画の中に持ち込むという。

# 脇差し

文也さんは事ある毎に両親から、幼い頃に不思議な子だったと言われている。

とはいえ、具体的なことは自分では覚えていない。

両親によると、まだ文也さんが幼稚園に通っていた頃に、侍のような言葉遣いで話すことがあったという。語尾に〈ござる〉を付けたり、一人称が〈それがし〉だったり、〈かたじけない〉と言ったりと、年齢にそぐわない言い回しだ。

両親はテレビの大河ドラマか何かの口調を真似しているのだろうと考えていたらしい。

一人遊びも時代がかったものだった。文也さんは居間に誰もいないのに自分と自分の前に座布団を敷いて、どうぞそちらへと淹れたお茶を勧める。毎回そのように始まって、誰かと会話をしているような振る舞いが続く。そして十分十五分ほど過ぎると、頭を深々と下げて、会話は終わる。最初から最後まで相手は存在しない。

思えば、それを始めてから侍のような言い回しが始まったようにも思う。

母親は、お侍さんと話していたのではないかと考えていたという。

ある日、それを証明するようなことが起きた。その日、文也さんが母親の元に何か細長いものを手に持ってやってきた。

お母さん、これ貰ったと、満面の笑みで渡してきたものはどう見ても刀。太刀ほどではないが、子供が両手で抱えるほどの長さ。つまり脇差しである。

今まで刀のおもちゃも買い与えたこともないし、家にはこんな骨董品は置いていない。

取り上げたときのずしっとした重さから、おもちゃではないと直感した。恐る恐る鞘から抜くと、金属製の刀身に自分の顔が映った。触れた刃はひんやりと曇りなく研ぎ澄まされている。

——本物だ。

「どうしたのこれ！」

驚いた母親が問うと、文也さんはニコニコしながら答えた。

「ソレガシさんからもらったの！」

息子が家の何処かから本物の刀を見つけてきたということで、夫婦で相談して警察に連絡した。色々と書面を書いた上で警察に引き取ってもらった。

両親は、刀についてはそれっきりで、以降どうなったかは知らないという。

毎回この話を聞かされる度に、覚えていないのかと問われるが、文也さんにはさっぱり記憶がない。

# 守り刀

本家の蔵には一振りの刀が仕舞われている。

分類は打刀《うちがたな》になるのだろうそれは、由来や来歴を示す箱書きも鞘書《さやがき》もない。付随する拵《こしらえ》や鍔《つば》、柄もない。白鞘で白木の箱に収められている。

先代は決して蔵のものに手を付けることはなかったが、代が替わったのを機に今代当主は蔵の中にあるものを整理し始め、件の刀に目を留めた。

どういったものなのか謂れも何も分からないので、箱から取り出して中を改めてみようとしたが、錆びついているのか、どうやっても鞘から抜けなかった。

売るにしても、このままではどうにもならないので研ぎに出したのだが、すぐに戻ってきた。

研ぎ師曰く、「これは抜いてはいけないもの」であるという。

これは「そういうもの」なので、研ぐことはできない。恐らく、他へ持って行っても同じことを言われるだろうから、そのままにしておいたほうが良いですよ、とのこと。

気味が悪くなって檀那《だんな》寺へ納めようとしたら、住職に断られた。

うちでは手に余る。大体これは家に置いておかなければならないもので、家の守りなのだから手放すのは良くない。このまま蔵に仕舞っておけ、と諭されてしまった。

そういう訳で、結局今も蔵の中にある。

# カシミヤ

桃子さんは大学生の頃、キャバクラ嬢のアルバイトをしていた。

そこそこに大学へ行き、そこそこにバイトをし、なかなかに充実した毎日だったが、浪費癖が祟り、洋服の類は沢山あったものの、お金は余り懐に残らなかった。

バイト明けの帰り道、住んでいるアパート近くの路上で、明るい薄緑色をしたカシミヤのマフラーを拾った。目立った汚れはなかったが、枯葉の欠片や、細かい砂利が所々に付着していた。それでも一度洗濯をすればすぐにでも使えそうな質感だった。

ただ、もしアパートの近所の人が落としたものだとしたら、そうそうおおっぴらに首に巻けないだろう。とはいえ、もうすっかり色と手触りが気に入った。秋冬はこれで決めたい。桃子さんはとりあえず深く考えないで、持ち帰った。

洗濯機にマフラーを放り込み、洗浄スタートボタンを押す。

いつもは、小腹を満たしてから寝るのだが、その日はジャージに着替えてすぐ寝た。

朝起きると、桃子さんの首に濡れたあのマフラーが巻かれていた。

寝ぼけて巻いちゃった?

マフラーのせいで、首回りがすっかり濡れてしまっていた。

あたし、そんな寝ぼける人だったっけ?

とりあえず、マフラーを外そうと手を伸ばしたところ、恐ろしく凝った結び方をしていることが分かった。

え。こんな結び方知らない。

洒落た結び方で、何なら覚えておきたいくらいだったが、寝ぼけた自分が無意識にこんなふうに結んでいるところを想像すると、気持ちが悪い。

外したマフラーに目立った皺がなさそうだったので、そのままハンガーに掛けて窓辺に吊した。

その日は大学で午後の授業を何コマか受け、アパートに戻った。

部屋に入るなり、まず桃子さんはハンガーに掛けていたはずのマフラーがないことに戸惑った。そして次に、あっさりとマフラーが洗濯機の中で発見されたことにも驚いた。

何か厄介だな。

そう感じた桃子さんは、その晩、バイトへ出かける途中の道でマフラーをポトリと落とし、逃げるように駅に向かった。

# 時計

変なことって、まず時計に出るじゃないですかと福井氏は言った。

彼の住む部屋は、常々お化けが出ると聞いていた。何度引っ越しても出る。しかも出る度に必ず時計が壊れる。

壁掛け時計から置き時計、腕時計に懐中時計。今まで何個買っただろう。電波時計も試してみたが無駄だった。むしろゼンマイ時計のほうがまだ耐えるような気もする。

それにしたって長針と短針が両方とも外れてしまったらおしまいである。

色々試した結果、ＰＣとスマホの時計は狂っても自動的に直るのでありがたい、とは福井氏の言である。

「多分、ＰＣとスマホに時計機能があるって気付いていないんだと思います。気付かれたらどうなるか分かりません」

百均で戯れに時計を買うこともあるが、持って一カ月。それでもＰＣとスマホに目を付けられるよりはいいかなと、部屋に生贄代わりとして単品の時計を置き続けている。

# 表彰状

　ある中古車屋に、車を買い取ってほしいという連絡があった。話を訊くと、遺産相続した車を処分したいとのことだった。現地に行って現物を見ると、セダン型の高級車である。大事にされていたもののようで、外観も綺麗で車検もまだ残っている。

　遺産相続というからには、買ってからすぐ体調を崩して、故人は余り乗れていなかったのかもしれない。走行距離は千キロを超えた程度だった。

　ただ、気になるのは後部座席とトランクの中に、様々なものが雑多に詰め込まれていることだった。額に入った表彰状のようなものが何枚も積み重なっている。他にも色々と詰められた段ボールが山を為している。

　車は引き取ってはきたものの、荷物の類は個人的なものだから、返したほうがいいのではないかという話が上司から出た。電話で売り主に連絡すると、車を不用品置き場のようにしていたという。不要だから中のものは適当に処分してくれという話だった。

　ゴミを運び出すと、様々なものが出てきた。小銭も二万円ほどの金額になった。貴金属でできているライターなども転がっていた。念のためにそれらの品物を三カ月の間は保管すると決めた。

程度もいいし、車はすぐに売れるだろうと思っていたが、実際にはなかなか売れなかった。

ある日、仙人のような風貌の老人が店を訪れた。免許を返上するような年齢にも見えたが、店としては車さえ売れればどうでもいい。

彼は展示している車の間をぐるりと一周すると、すぐに帰っていった。

それから一週間ほどして、再び先日の老人が来店した。

対応すると、件の車を指差して値段を訊ねてきた。

値札を見せて、少しなら値引きできると告げた。

すると老人は、どういう経緯でこの車を手に入れたのかと訊ねた。下取りしたのだと答えると、次は車の中に、何か入っていなかったかと訊いてきた。謎かけのようだった。

下取りの後は、汚れや臭いなどを落とさないと売れないので、クリーニングをするのだと答えると、老人は残念そうな顔をした。

「そうなんですね。ここにはないんですね」

引っ掛かる言い方だった。老人の顔色が、酷く悪くなったような気がした。

この車には大切なものが――。

老人がそう切り出した直後、事務所の固定電話が鳴った。やたらと大きな呼び出し音が、いつまでも鳴り止まない。老人にすいません、ちょっとお待たせします。ここでお待ち下さいと告げ、事務所に走っていって受話器を持ち上げた。

直後、外で待っているはずの老人が、横に立って受話器に顔を寄せた。

「表彰状」

それが電話の声か、老人の声かは判別が付かない。老人はすぐに首を引っ込めた。

「もしもし。もしもし」

焦って受話器に声を掛けると、通話が切れた。

受話器を置いて振り向いたとき、もう老人はいなかった。

慌てて店の敷地内を見て回ったが、老人の姿は何処にも見当たらなかった。


夜、戻ってきた店長に老人の話をすると、店長は、〈ああ、それは前のオーナーかもな〉と言った。

店長は例の車の買い取りの際に、売り主の家に上がって仏壇に線香を上げている。

そこには真新しい遺影が置かれ、あごひげを長く伸ばした、仙人のような顔の老人が写っていたという。

# メモ

倉間さんの父、安秀さんは若い頃、あることに悩まされていた。

安秀さんは、当時メモ帳を常に持ち歩いていた。というのも、高卒後、旋盤工場に入社したはいいものの、職人気質の先輩達はどうにも仕事の要領を口頭で教えてくれず、かといって先輩の仕事を見ていても、何が何やら全く分からなかったのだそうで、結果、とにかく先輩の口からたまに出る作業のヒントになりそうな言葉を、ひたすらメモし、いち早く一人前になろうとしていたのだそうだ。めきめきと実力が上がり、メモすることがいかに重要かが分かった安秀さんは、日常生活でもメモ帳を活用するようになった。

さて、ここで悩みが生まれた。

時折、メモ帳に書いた覚えのないことが、自分の字とは思えない随分と達筆な筆致で書かれているのだ。その頃の安秀さんは独身の一人暮らし。メモ帳はいつも作業着のポケットに入れているため、誰かが悪戯しているとしたら、不法侵入をするか、時折、作業着からスって、また戻しているとしか考えられない。身に覚えのないメモは「表情をもっと」「六キロ増」「左側を増強」など。書いた人の几帳面さが垣間見える、バランスが整った綺麗な字だった。安秀さんはその見知らぬメモを目にする度、ううーん、と困ってしまうばかり。薄気味悪いものの、そんなメモがあるから何、ってなもんだ。

困りながらも旋盤工場でも数年が経ち、すっかり仕事のコツを掴んだ安秀さんはメモの必要がなくなった。

先輩達ともすっかり打ち解け、会話も弾むようになっていた。

ある日の休憩中、安秀さんは先輩の一人にメモのことを話した。

「もうどうでもいいんですけど。あれは意味分かんなかったっすよ」

安秀さんは殆ど冗談のつもりで、そのことを話した。

だが、先輩は、

「ああー。昔ボディビルダーやってる奴で、お前みたいに一生懸命メモ取ってる奴いたからな」

と真顔で返し、続けて、

「そいつ、急に死んだんだよ。寝ているときに心臓止まっちまって。真面目な奴だったんだけどな。もったいない」

と言った。

# 廊下の鏡

緑さんの通っていた小学校には校舎が新旧二つあり、旧校舎は木造平屋建ての大変古い建物だった。学校には七不思議が伝わっており、その一つが「旧校舎の大きな鏡」だった。旧校舎の玄関を入ると、まっすぐ廊下が伸びており、左手は窓で右手は教室。手前から工作室、二つの教室を挟んで一番奥に家庭科実習室。中央の二つの教室しか使われておらず、両端の工作室と家庭科実習室は教材置き場になっていた。

問題の鏡は長い廊下の突き当たりにある。壁一面が大きな鏡になっており、そこに女の姿が映るとか、女が出てくるという話だった。

ある日の放課後、先生から頼まれて、友人四人で連れ立って家庭科実習室に向かった。

緑さんは用事を済ませて教室を出るときに、ふと右手の鏡に目がいった。すると鏡の中に人間の姿をしたものがゆらゆらとうごめいて見えた。総毛立ったが、皆に話すと騒ぎ出すかもしれない。彼女は泣きだしそうになるのを堪えながら、黙って廊下を歩いていく。

すると友人の一人が、突然手を握ってきた。

驚いて友人を見ると、真っ青な顔をしている。

彼女も鏡を見たのだと悟った。手を握り返して目で合図をし、二人で一緒に後ろを振り返った。髪の長い女が鏡から這い出そうとしていた。

先を行く二人に、早く行ってと声を掛けた。すると二人も振り返り、みるみる顔色が変わった。二人の絶叫。それが合図となり、四人は一斉に走って旧校舎を出た。

新校舎へ続く渡り廊下に出た所で走りながら振り返ると、女は鏡から抜け出し、脚の長い虫が這うようにして、廊下を半分ほども近づいてきている。

先頭の二人が新校舎の鉄扉を開けて入り、後続の二人も入ろうと閉まりかけた扉に手を掛けた瞬間、それを阻むかのように、音を立てて扉が閉まった。残された緑さんと友人は、〈開けて開けてよ〉と叫びながらドアノブを回したが、どうしても開かない。

扉の向こうでも先に入った友達も必死に開けようとしているが、やはり開かない。

そのとき、友人が彼女の手を強く握りしめた。振り返ると、女の手が友人の片腕を捕らえていた。腕を引っ張りながら口角を釣り上げて笑っている。友人の顔は蒼白で、目を強く瞑って、ただ必死に緑さんと繋いだ手に力を込めている。

とにかく扉を開けねば。

必死に叫びながらドアを叩いていると、突然扉が開いた。目の前には先生と二人の友人が立っていた。緑さんは友人の手を引き、急いで中へ入って振り返った。

扉の隙間から見えるのは、怒りで鬼のような表情に変わった女が、こちらを睨めつけている光景だった。

先生が何事もなかったかのように黙って扉を閉め、鍵を掛けた。四人は無言のままその場を後にし、教室へ戻って急いで帰り支度をした。

帰り支度を終えた緑さんに友人が黙って見せた腕には、人の指の痕が痣のように赤黒く浮き出ていた。

帰り道でまだ浮かない顔をしている友人から、こう打ち明けられた。

開いた鉄扉から入る瞬間、あの女は友人の耳元で、「絶対に逃がさない」と囁《ささや》いたのだという。

# 箱

鈴木さんが大学時代の四年間を過ごしたボロアパートは、築五十年を越えていたという。

彼の住む二階の一番奥の部屋は、先代の住人が同じ大学の先輩で、更に前の代も同じ大学の学生だったということまでは聞いている。しかし、それよりも昔のことは大家さんに訊いても教えてもらえなかった。

卒業を控えた鈴木さんはアパートを引き払うための荷物を作り始めて、やっと自身が四年間に溜めた荷物の量の多さに気が付いた。自分一人では手に余るので、後輩に手伝いを頼むと、二つ返事で来てくれた。

作業を一段落させ、牛丼屋で夕飯を食べていると後輩がにやにやして言った。

「さっき見たんですけど、天袋から天井裏に入れる穴がありますね」

今まで気付かなかったが、そんなものがあったのか。

食事を終えて部屋に戻ると、後輩が天井裏を覗いてみたいと言い出した。どうせ何もないだろうとは思ったが、好奇心が勝った。鈴木さんは後輩に懐中電灯を持たせ、何かあったら教えてくれよと笑った。

潜り込んでいった後輩は、興奮した様子で戻ってきた。手には升ほどの大きさの木造の箱を握っていた。彼は早速開けようとしたが、いじくりまわしても開かない。箱根細工のような秘密箱なのか、それとも単に接着されているのか、それすら見当が付かない。

後輩は、まだるっこしいですねと言って、箱を掴んで外に飛び出た。コンクリートの壁に木の箱を叩きつける音が町内に響いた。彼は力ずくで開けようとしたのである。

「いやぁ、少し音が大きかったですかね」

てへへと頭を掻く彼の前には、割れた箱が置かれている。箱の中は、黒いものと白いものが入っていた。黒いものは髪の毛、だろう。白いものは真綿で包まれたものだ。

「これ、何かヤバいんじゃないの」

「そんなヤバいものなら、先輩この部屋で何かあったりしましたか」

何もなかった。それならと綿を広げると、剥がした爪とよく分からない黒く乾燥したものが入っていた。気持ちが悪い。何の呪《まじな》いだろう。

何に使うのか分からないが、後輩は帰りがけにそれを黙って持って帰った。

卒業後、彼とは連絡は取っていなかったが、ある日連絡を取ろうと、彼の実家に電話を入れた。すると、彼は在学中に大怪我をし、程なくして亡くなったと伝えられた。

# 気安い仕事

バイトしていたコンビニで聞いた話。

雇われ店長の松永は「怖い話ができる男は女の子にモテる」が口癖で、事ある毎に周囲に怪談や心霊スポット等の話を訊き回った。

であるにも拘わらず、松永自身はそういう体験にはとんと縁がない。所謂「零感」であった。だからこその口癖なのだろう。

それを誰に聞いたのか、ある日、新しいバイト先を紹介された。内容は難しいものではなく、今の仕事と掛け持ちできる上に「三カ月続けること」が事前の約束だという。「霊感がない」のが条件だったのがちょっと引っ掛からないでもなかったが、破格の時給に深く考えもせずに飛び付いた。

バイトの依頼者に連れられて行ったのはある山の中。コンクリートでできた一階建ての真四角な施設は変電所を彷彿《ほうふつ》とさせた。外観から推し量るに広さは二十畳程だろうか。

中にはコンクリートに囲われた一周り小さい部屋があった。観音開きの鉄扉に掛けられた大きな南京錠を外し、扉を開く。更に一回り小さい同じようなコンクリートの部屋があり、頑丈そうな鉄の扉には閂《かんぬき》が五つ付けられていた。

そこも開けて中に入れば、民家の庭にあるような木製の小さなお社が一つ。異様に古く黒ずんだそれを囲う部屋の壁には、天井にまで何かを打ち付けたような黒く煤けた跡があった。扉もまた内側がボコボコと歪にへこんでいた。

バイトの内容は二週間に一度、この社に酒と榊《さかき》を供えて、取り替えた古いものは持ち帰ってこちらに渡してほしい、とのこと。

依頼者に説明を受けながら回収した酒は赤錆色になっており、榊は原形を留めず「溶けて」いた。

たった二週間だ。それだけでこんなふうになるものか。ぞわりと背筋が怖気《おぞけ》出す。

酒や榊の異様な有様に、ここに来てこのバイトを引き受けたことを後悔した。

二週間後、ビクビクしながら訪れた二度目の交換は何事もなく済んだ。三度目も何とか終えて安堵する。

このまま無事に三カ月過ぎることを祈りながらの四度目。酒と榊を取り替えて、社のある部屋の扉を閉めて一つ目の閂を掛けた瞬間。

――ドオン！

「ひぃ！」

突如響いた扉を打つ重い音に腰を抜かしそうになった。慌てて二つ目の閂に手を掛ける。何かが飛び出してくるのではないかという恐怖に手が震える。恐ろしさにボロボロ溢れる涙と鼻水を拭いもせず、どうにか残りの閂を全部掛けて、死ぬ気で二番目の部屋を転がり出た。南京錠を掛け、外へ出て建物の扉に鍵を掛けながら何度も確認した。

正直もう行きたくない。だがまだあと二回残っている。どうしようかと思い巡らせているうちに気付いた。社のある部屋の、黒い跡。あれは拳を打ち付けた跡ではなかっただろうか。

その二週間後、松永はコンビニを無断欠勤した。社へも行かなかった。そのまま友人知人はおろか家族にさえ何も言わず消息を絶った。

二十年以上経って日本海側のある街で、隠棲する仙人のように暮らしているのが目撃されたが、件の社はその後に依頼者の一族が絶えてしまったため、どうなったのか分からずじまいである。

# 待ち人来らず

冬山登山する友人から、祥子さんが教えてもらった話。

立山の某所には、ずっと誰かを待っている男性の幽霊がいるという。この男性は稀に見る見目麗しい容姿なのだと、友人は強く主張した。

ただ、額から上がない。

「残念にも程があるって、こういうことなのよねぇ」

祥子さんの前で深く深くため息を吐いた。

彼の姿を見るためだけに、何度も冬山に挑むのだから、きっと友人は幽霊に取り憑かれているのだ。

「それであなたの想い人は何処にいるのよ」

恋する乙女よろしく繰り返しため息を吐く友人に、問題はそこじゃないよねと思いながら祥子さんが訊ねた。すると、余程のベテランでなくては行けない所としか教えてくれなかった。登山道ではない場所だということが理由である。

「それよりも、あんた教えたら絶対行くでしょ」

図星だ。

絶対遭難するから教えられないわよ。

友人の見立ては多分正解、なのだろう。

数日後、祥子さんの働くスポーツ用品店に、馴染みの山屋さんが来た。

話の流れで先日友人が語っていた話を披露することになった。

すると、彼は感心したようにへぇと声を上げた。

「俺が知っているのは大雪山だなぁ」

大雪山の某所では、右半分イケメン、左半分ミンチのナイスガイが、やはり誰かのことを、ずっと待ち続けているという。

# 呼ぶ声

高尾さんの祖父が幼い頃、彼の出身の村には猟師がいた。彼らは村の子供達に、よく山で出会った奇妙なものの話をしてくれた。

「山の奥からおーいおーいと呼ぶ声がするのを聞いたことがあるだろ。あれは人の形をしているけど人ではないもので、声に誘われて迷い込んだ人の皮を被ってな、山の中をうろうろしているんだ」

だから子供達は絶対に山に入るなよ。そいつらに捕まったら皮を剥がされちまうぞ。

そう言われると、時々山から誰かを呼ぶような声が聞こえたような気がしてきた。

夜になると、そいつらが山から降りてくるような気がして震えた。

「でもそれって、危ないから子供が山に入らないように脅かしてたんでしょ」

高尾さんが祖父にそう訊ねると、暫く黙った後に彼は首を振った。

「それは違う。だって、俺も見たもの」

祖父が見たものは白い肌の、ひょろりとした生き物だった。上半身に昨年行方不明になった登山者の皮らしきものを被り、木々の間をふらりふらりと歩いていたという。

# 巨顔

寺井さんが帰省先の鹿児島から九州を縦断し、山陽道経由で近畿の自宅に戻るときの話。

もうすぐ姫路という辺りでトンネルを抜けた。すると高速道路の山側の壁から、巨大な顔が生えて車の前を横切っていく。顎がしゃくれており、イースター島のモアイを思い起こすシルエットである。サイズは十トントラックよりも大きい。

このままでは車の速度を落とさねば衝突する。そう思ってゆっくりブレーキを踏むと、後続車との車間がぐっと狭くなった。後続車は追越車線に飛び出して速度を上げた。

巨大な顔は、高速道路を横切り海側へと抜けた。追越車線の車も辛うじて引っ掛からずに済んだ。もしあれに車が当たったらどうなってしまうのか。想像してぞっとした。

帰宅して仮眠していると、鹿児島の親戚から電話があった。

「大阪にちゃんと着いてるよね。事故に巻き込まれてないかと思って電話したんだけど」

山陽道で多重玉突き事故があり、少なくとも一名が亡くなっているという。

今すぐテレビを点けてみろというのでニュースを確認すると、先程の巨大な顔が抜けていった、正にその場所だった。

# 腐肉ピッチャー

桑畑さんが深夜、山道を車で急いでいると、フロントガラスに何かがぶつかった。衝撃だけではなく、衝突したものがべっとり張り付いて視界も奪われた。ブレーキペダルを思い切り踏み込む。速度が出ていたため車体は滑ったが、幸いガードレールにぶつかることもなく車を停めることができた。全身の汗腺が開き、まだ心臓が高鳴っているのが分かる。

一体何が張り付いているのだろうと、ハザードランプを点けて車を降りた。鳥かコウモリだろうか。しかし、バードアタックにしても、それがべっとり張り付くというのは聞いたことがない。そもそも鳥が弾け飛ぶような速度は出していないはずだ。

フロントガラスには、ぐちゃぐちゃになった肉片が張り付いていた。どうやら腐っているらしく、それが酷い悪臭を放っている。これを剥がさねば運転することができない。桑原さんは懐中電灯片手に、ムカムカしながら肉片を片付けていく。

ティッシュペーパーで包み込むようにして、殆どの肉片は取り終えたが、脂はガラスに塗り広げられたような状態である。視界が悪いので急ぎの用はもう諦めた。帰りに洗車しないといけない。出たゴミはビニール袋に包んでいるが、二重三重にしないと悪臭が漏れてくる。

何て酷い夜だ。まだ営業している最寄りのガソリンスタンドはあるだろうか。

運転席のドアハンドルに手を掛けると、何かが風を切る音がした。それがドアにぶつかって悪臭を放つ。臭いで分かる。今拭っていた肉片と同じものだ。

飛んできた方向に懐中電灯の光を向けると、そこには桑畑さんより明らかに背の高い猿のようなものが、口元に笑みを浮かべながら立っていた。猿ともゴリラともオランウータンとも違う。よく分からなかったが巨大な猿――のようなものだった。

襲われては堪らんと、ドアを開け、慌てて車内に飛び込んだ。追撃するような衝撃が車を揺らした。腐った肉が三度投げつけられたに違いない。

早く逃げねば。

エンジンを掛けると、巨猿はヘッドライトの光を悠々と横切って、林の奥へと消えていった。

尻尾はなかったという。

# コンテナルーム

浜村さんは母屋の隣にコンテナルームを設えた。オーディオ専用部屋にしようというのだ。しかし彼の住む地域は、控えめに言っても田舎である。しかも彼の家は地域でも最も山に近く、周辺に殆ど人も来ない。それなら音楽は母屋で聞けばいいと気付いて、それ以降せっかくのコンテナルームも物置のような扱いになった。

ある日、コンテナルームから大騒ぎする音が聞こえた。まさか泥棒か。こんな山奥で泥棒を働くとは余程の食い詰め者かと思いながら、鉈を抱えて様子を見に行った。窓は填《は》め殺しで入り口は一箇所。犯人に逃げ場はない。恐る恐る中を覗くと、二つの人影が確認できた。だがよく見ると人ではない。明らかに猿。もっと正しくはチンパンジーである。

懐中電灯の光で窓から照らしてみると中の音が止んだ。浜村さんは恐る恐る室内に踏み込んだが、室内に動くものの気配はない。荷物の陰に隠れたのだろうか。

暫く探しても二匹が見当たらないため、浜村さんは母屋に帰ることにした。部屋から出て何歩かで、背中側からキキキキと鳴き声が聞こえた。振り返ると、コンテナルームの窓から、二匹のチンパンジーが歯を剥き出して笑っていた。

浜村さんはそれから毎晩、騒音に悩まされることになった。夜になると二匹が暴れる音が聞こえるのだ。見に行くと二匹はすぐに何処かへ隠れてしまう。浜村さんは匙を投げた。もはやコンテナルームはチンパンジーの好き放題である。

やけになった彼は、神頼みをすることにした。これだけ神出鬼没な相手は、きっと生きているものではない。だが山猿ならばまだしも、チンパンジーの霊はどの神様に頼ればいいのか。とりあえず地元の神社に行って、厄除けのお札を受け取ってきた。

それをコンテナの内側に貼った夜のことである。今まで聞いたことのないような、けたたましい雄叫びが聞こえてきた。慌てて駆けつけて窓から中を窺うと、二匹が激しく喧嘩をしている。一方が荒々しく拳を叩きつけ、やられている側は反撃することもできない。

見守っていると、優勢に見えた一匹も急にふらふらし始めた。結局二匹とも弱々しい声を上げて倒れた。急に周囲が静かになった。

浜村さんは恐る恐る現場に足を踏み入れた。もう二匹の姿は見えない。しかし部屋のあちこちは血まみれで黒い毛も散乱している。悩んだ末に、浜村さんは警察に連絡した。離れから大騒ぎしている声が聞こえ、踏み込むと鮮血と黒い毛が散乱していたと簡潔に伝えた。

警察は鑑識を伴ってやってきた。調査の結果、血も毛も人間のものではないという結果が出た。事件性はないとの結論である。それ以降、チンパンジーはもう現れていない。

# ゴリラスピリット

ホームステイでニューヨークに滞在した女性から聞いた話である。彼女のステイ先の家族は大変良い人達だった。中流階級とはいえ、広い戸建ての一軒家に親子三人暮らしで、その家の娘さんとは年頃も近く、お母さんも娘がもう一人できたようで嬉しいと、色々良くしてくれた。

家族は週末毎に、ニューヨークの観光名所を案内してくれた。その日は、ニューヨークのブロンクス動物園へ遊びに行った。園内を散策していると、ゴリラの檻の前に出た。おおゴリラだと見ていると、一頭の雄ゴリラが近寄ってきて、ステイ先のお父さんを睨みつけた。どうも機嫌が悪いようだ。いちゃもんを付けるような表情である。だがお父さんも負けてはいない。檻を挟んでのゴリラとの睨み合いが響いてきた。

だが、暫くすると、ゴリラのほうが背中を向けて、奥へと引っ込んでいった。

俺はゴリラに勝ったぞ！　そう言ってお父さんは嬉しそうにポーズを取った。

その夜、テレビドラマを見ていると、庭からポコポコポコと奇妙な音が始まった。

お父さんが窓を開けて確認すると、胸を腕で叩いているゴリラがいた。先程からのポコポコいう音はドラミングだったのだ。動物園から脱走してきたのだろうか。

ゴリラは胸を叩いて庭を走り回った。〈警察に通報しよう〉と言うと、お父さんは〈追い払ってくる〉と、鍵の掛かった戸棚からショットガンを取り出して庭へ出ていった。激しく威嚇する声が聞こえたが、突然お父さんが庭から駆け込み、風呂場へと走っていった。話によれば、投げつけられた排泄物が鼻先にヒットしたらしい。悶絶するお父さんの顔に、それらしきものは見えない。だが、臭いが取れないと悲鳴をあげた。

ゴリラはいつの間にか庭から消えていた。

翌朝も臭いが取れないとのことだった。臭くて夜も寝られなかったらしい。

あれはただのゴリラではない。そう結論づけたお父さんは、近所の教会に出向いて、悪魔祓いをしてもらった。聖水を鼻に流し込んだが効果はなかった。

すると、近所に住む自称ネイティブアメリカンの末裔という男性が近寄ってきた。彼は占い師のようなことをしており、近隣では敬遠されていた。容貌からして胡散臭い。

男性は、お前が出会ったのは、悪魔ではなくゴリラのスピリットだと断じた。

そして緑の液体の入った瓶を家から持ってきて、お父さんの鼻に注いだ。

鼻に強い刺激が走ったが、臭いがすっかり消えた。

占い師の鮮やかな霊的治療の手筈を目撃した人々は、彼を少しだけ見直したという。

# 森の王

技術者派遣でインドネシアに行った中村さんという人から聞いた話である。

ある地域に街を作るというので、彼のチームは電気を通す工事を担当することになった。集落の小屋を綺麗に掃除し、その地域に滞在できるようにしてもらった。

とはいえ、そもそもこれから電気を通すのだから、快適なエアコンが使える環境ではない。仕事とはいえ過酷である。

中村さんのチームは順調に仕事を進めていった。

そんなある日、彼は仲良くなった地元の人達から、せっかくだから食事会に来ないかと誘われた。仕事も休みである。それならばと通訳を伴って食事会に出かけた。

会自体は大変和気藹々《わきあいあい》とした楽しいものだった。歓迎されるのは自分達の仕事が評価されているということだ。明日からも頑張ろう。


会から戻った中村さんが、小屋を開けると、椅子に緑色のパリッとした服を着たオランウータンが、くつろぐようにして腰掛けていた。

何だこいつは。何処から入ったのだろう。追っ払ったほうがいいのだろうか。

立ち尽くしていると、慌てた様子の通訳が、〈今すぐこの部屋から出ろ〉と言った。

大型の動物は、人間には太刀打ちできないほど凶暴になることがある。恐らくそういう理由だろう。

通訳に従おうとすると、オランウータンが低く深みのある渋みすら感じさせる声で、何事かを通訳に伝えた。現地の言葉なので、何を喋っているか分からない。

その言葉を聞いた通訳は、おもむろにライターを取り出した。一方でオランウータンはシャツのポケットから葉巻を取り出すと口に咥えた。通訳が恭しく、葉巻の先にライターで火を点ける。

オランウータンは葉巻を吸い、口から大量の煙をゆっくりゆっくり吐き出した。

すると、その葉巻の煙とともに、オランウータンの姿も煙と化して、窓から外へと流れていった。

それを見届けた通訳は、今のが精霊の王様だと言った。相手は何といっても精霊の王様である。だから粗相があってはいけない。それで中村さんを遠ざけたのだという。

「追っ払おうとしたでしょ。そんなことしたらここら辺の人達は皆、生命ないよ」

通訳はそう言った。森の王は、長く生きた末に、精霊の王となるそうである。

# シンガポールのツチノコ

長野君の高校の修学旅行先はシンガポールだったそうだ。

ホテルでは生徒二人にツインの部屋があてがわれた。

部屋の第一印象は、殺風景。二つのベッドとはめ殺しの大きな窓が一つ、窓には幅が足りず閉め切ることができないカーテンが一組付いていること以外、語るべきことがない。

同室の友人が外に出ていくと、長野君はテレビを点けて、ベッドに横たわった。

異国の言葉に何となく耳を傾けていると、右側に何かが動く気配を感じた。横目で見ると、閉じ切らないカーテンがたなびいている。何故。と思う間に、カーテンの間から、黒く太い、目も口もない大蛇のようなものがゆっくりと出てきた。

生き物なのだろうが、何なのか分からない。

黒いものはゆっくりと床を這って、廊下へ続くドアへ向かう。

長野君はなるべく気配を消して、微動だにせずベッドでやり過ごそうとした。

襲われたら堪ったものではない。

ゆっくり、ゆっくりとそれは出口へ向かって這っていく。

かと思いきや、突如、シュッとスピードを上げ、

バンッ。

とドアを大きく開け、外へ消えてしまったそうだ。

# 空

会社に向かう途中、路上の真ん中にちょこんと足を閉じて佇んでいる一羽の鳩がいた。鳩を尻目に路肩を自転車で駆け抜けた。

信号を合図に、沢山の車が川田君の横を通り過ぎていった。あの鳩、轢かれたかもな、と頭の片隅で思った。

残業明けの帰り道に朝の鳩を思い出した。

鳩がいた辺りで自転車を停め、道路をじっと見た。死骸らしきものは見当たらない。この時分でこそ閑散としているが、日中は車通りが多い道だ。

鳩が何度もタイヤで轢き潰されたり、引き摺られたりする様を今更思い描き、胸が痛んだ。

アパートに戻り、風呂を入れた。

川田君のアパートは古い建物の割に、風呂の給湯が自動で止まる設備が付いており、自動音声がお湯が溜まったことを教えてくれる。

浴槽のドアを開けると、「うわっ」と声が出た。

風呂の湯が見慣れない色をしている。

「え……え～？」

顔を風呂に近づけると、湯の表面にびっちりと鳥の羽根が浮かんでいることが分かった。

それは鳩の羽根だった……となれば話は早い（？）のだが、カラスを思わせる黒を始め、白かったりベージュだったり、青かったりと色も形も大きさも様々だったそうだ。

ただ、鳥の羽根だったことは間違いないとのこと。

# マグロの目玉

彼女は大学生の頃に一人暮らしをしていたが、ある事件が元で、家に引き戻された。一人暮らしの最後の辺りは、マグロの目玉を主食にしていた時期があるのだという。安く売っていたのもあるが、とにかく食べてみたら美味しくてハマったのだ。朝は抜いて、昼夜の一日二食。どちらもマグロの目玉を料理したものを食べる。

あるとき、夕飯を摂っていると、不意に吐き気が込み上げてきた。原因が分からない。それが通り過ぎるのを食卓で耐えていると、不意に目の前を何かが通り過ぎた。目で追うと水族館で見たことがある巨大な魚影が空中を泳いでいる。マグロだ。それが部屋の端で方向転換して、再度こちらに向かって滑るように泳いでくる。

いや、何かが違う。近づいてきて理解した。それはマグロの形をしているが、マグロの体色を帯びた大小の目玉から構成されていた。それらが一斉にぎょろりとこちらを見た。

我慢が堪えきれず、椅子を蹴ってトイレに駆け込み、吐いた。

喉の奥から出てくるのは全てマグロの目玉である。それしか食べていないのだから当然だ。咀嚼され、細切れになった元目玉が便器に浮いた。

涙を流しながら肩で息をしていると、また吐き気が込み上げてきた。便器に向かうと、浮いた吐瀉物の隙間から、丸い目玉がぽかりぽかりと浮いてきた。それと目があった。

彼女は嘔吐しながらトイレを飛び出すと、ドアを開けて部屋から逃げ出した。そこでも込み上げてきたものを吐いた。服もスカートもべちゃべちゃで異臭を放っている。吐瀉物からは次々と目玉が浮き出て、マグロの形になって空中を追いかけてくる。

エレベーターを待ちきれず、そうだ階段を下りようと走り出したところで、自分の吐瀉物に滑ってすっ転び、腕と膝を擦りむいた。痛くて起き上がれない。手で握ったまま転んだことで液晶が割れたボロボロのスマートフォンで母親に電話した。

しかし、助けを呼ぼうと思っても、何か声を出そうとすると喉の奥から吐瀉物が限りなく出てくる。自分が何を言おうとしているか分からない。このままでは窒息して死ぬ。

そこで意識を失い、気が付いたら実家だった。

「もうあなたのことを一人暮らしさせられないから、すぐに家に帰ってきなさい」

母親が言った。

「掃除も何もかもお母さんがやってくれて、それから一年くらい廃人でした。今でも寿司屋はおろか、スーパーの魚コーナーにも行けません」

まだ目玉マグロが浮いているからだという。

# わんこと

その日は世間で言う夏休み最終日。秋冬の新作が入荷したので勤務時間の大半を軒下での作業に費やしていた。己が勤めるスポーツ用品店も前日まで一週間の夏休みだったせいなのか、恐ろしく忙しかった。

だからという訳ではないだろうが、一体何処で〈拾って〉きたものなのか〈置いて〉帰る客が多い。

子供連れの客にくっついてきたらしいそれはどれも十歳前後の子供の姿で、見えるものや気配だけのものも合わせて五体程か。

どうしたものかと思っていたところ、店の前を散歩中らしい大きな犬が飼い主さんとともに横切った。

大きな道路に面して駐車場を併設した店先は、専ら格好の散歩コースとなっているようで、よく犬を連れた人が通るのだ。

尻尾を振りながら歩いていく犬に誘われるように、子供は一体、また一体と後を付いていく。

そうして日が暮れる頃には全部いなくなった。
どうやら良い遊び相手を見つけたらしい。

「道を走ってたら犬が出たんすよ！」
眠巣君にしては平凡な目撃例だな、と思った。
なので、そりゃ道路に犬くらい出るだろ——と返したのだが、彼は頭を振った。
家の近所辺りを自転車で走っていたところ、通りの右手から何かが飛び出してきた。
それが犬だった、という。
大きさは大人の手のひらくらい。
それが眠巣君の自転車の前を横切っていった。
なるほど、犬だとするなら随分小さい。
チワワか何かかな——と訊ねると、眠巣君はまた頭を振った。
「僕は大きさから言って、一瞬ネズミかと思ったんですがね。でも犬だったんですよ」
正確に言えば、〈犬〉という漢字を左右反転させたものが出たのだという。
ゴシック体を更に太字にして、右上の点が倍くらいの大きさでバランスが悪い。
その点の部分が犬の頭のように上下している。そして、右払いと左払いが前足後足のように動いて路上を走っているのである。
〈失〉は一瞬止まって、眠巣君の次の出方を窺うような様子を見せた。
その後、凄いスピードで道の左側に駆け抜けていった。

# 首なし

日本の製薬会社の倉庫に勤める金髪碧眼の英国出身の男性が、故郷の商社で働いていたときの話である。

当時は地方へ営業に出かけることがあった。夜八時を過ぎると、村内を歩いている人影も消えるような田舎町である。予約したのは古い宿屋だった。歴史だけはあるそうだが、彼は生憎歴史に興味はない。

深夜、突然の騒音で目が覚めた。何だ何事だと慌てて部屋を見回すと、一方の壁から突然首なしの馬に乗った首なしの騎士が飛び出してきた。

唖然としていると、部屋の中を走り回りながら、何かを叫んでいる。

騎乗した馬も高く嘶《いなな》いた。そして反対側の壁から出ていった。暫くすると、出ていった側の壁から再度飛び出してきて、今度は反対側の壁に吸い込まれていく。

これは何だ。何が起こっているんだ。頭の中は大混乱である。慌てて廊下へと避難すると、隣の部屋のドアも開いて、中から東洋人の若い女性が飛び出した。

今のを見たかと声を掛けると、見たという。叫んでいたかと問うと、叫んでいたと答える。状況を確認すると、二人の見たものは一致していた。

宿を立ち去ろうにも、この村に宿屋はこの一軒しかないのだ。まずはフロントに行き、今起きたことを説明した。このままでは寝られないので、とりあえず部屋を替えてくれと伝えると、意外にも店主は嬉しそうな顔を見せた。

「君達はなかなか見られない物を見たぞ。そいつは俺のひい爺さんの更にひい爺さんの代からこの宿に出るんだ。そいつを見ると幸運になれるんだよ。ラッキーだったね！」

喜んでいるのか励ましてくれているのか、単に能天気なのか考えなしなのか。こちらは明日も早朝から営業に出るのだ。寝られないのは困る。

「怖いし、うるさくて寝られない。とにかく幸運はいいから部屋を変えてくれ」

そう伝えると、店主は生憎空いている部屋は一部屋しかないと困った顔をした。相部屋になるが良いのかと問われた。ベッドは分割可能でツインの部屋になるらしい。

それ以外の選択肢がないのならと、二人は納得し、部屋を準備してもらった。しかし、あんなことがあった後なので、二人は結局朝まで寝付けなかった。

後日、ラッキーなことはあったのかと彼に訊ねた。すると彼は即答した。

「そのときの女性が、今のワイフなんだ！　本当にあの首なし騎士には感謝している」

彼は照れたような笑みを浮かべた。どうぞ末長くお幸せに。

# 水中の女

菜乃さんが十八歳の頃、兄と友人の計五人で、離島へと遊びに行った。

予約しておいた民宿に荷物を置き、早速近くの海へと出かけた。皆思い思いに遊び始めた。菜乃さんは兄と一緒に素潜りでの水中散策を楽しんだ。

一休みした後で、少し先に見える岩場へと移動して潜ることになった。そこで潜っていると、菜乃さんと兄との間を、黒くて長いものが滑るように流れていく。最初はウミヘビかと思ったが、それは明らかに束になって絡まり合った長い髪の毛だった。

一瞬のうちに頭の中に嫌な想像が広がる。早く陸に上がりたいと、彼女は兄にハンドサインを送った。兄が先に浮上していく。それに続いて菜乃さんも海面を目指す。しかし途中で上がれなくなった。何かに足ヒレが引っ掛かったようだ。必死に足をばたつかせたが、兄の姿がみるみる離れていく。焦りながらも何が引っ掛かっているのかと下を見ると、先程の髪の毛の束が足に巻き付いていた。

もう肺の酸素が限界に近づいている。必死に振り払おうともがく。そこに、上がってこない妹を心配した兄が再び潜ってきて、菜乃さんの手を引いた。すると突然足が軽くなった。遠ざかっていく水底から、じっとこちらを見つめる女性の顔があった。

恐怖で震える菜乃さんを心配した兄に連れられ、遊びを中断して宿へと引き上げた。冷えた身体を温めようと早々に入浴し、仲間の帰りを待つことにした。

仲間が全員戻ってきた頃には、気持ちも落ち着いた。もう夕食の時間になっていた。

さっき、怖いことがあったんだよと、昼間の体験を説明しながら夕飯を食べていると、民宿の女将さんが、何処で遊んでいたのかと訊ねてきた。先程の岩場の場所の説明をすると、女将さんは顔を曇らせ、色々あったから、あの岩場では遊ばないほうがいいですよと忠告してくれた。

部屋へ戻ると、海で遊んだ疲れもあって、皆すぐに寝床へ潜り込んだ。

菜乃さんは夜中に不意に目が覚めた。暗い部屋の中で皆の寝息や鼾《いびき》が聞こえる。そこに水が滴るような音や、女性のすすり泣く声が混じっている。

咄嗟に昼間の水中の女性を思い出した。布団に顔を埋めて息を殺して様子を窺っていると、音は少しずつ近づいてきた。

緊張が高まる。布団の上にぱたぱたと水が垂れる音がすると同時に彼女の足首に何かが巻き付き、布団から引っ張り出そうとした。昼間の顔を思い出して、恐怖で必死に足をバタつかせて抵抗する。声を上げて寝ている兄や友人達を起こそうとしたが、海の中にいるようで、何故か喉から声が出せない。

布団から引っ張り出され、畳の上を引き摺られる。思い切って上半身を起こすと、菜乃さんの正面に腐りかけて歪になった女の顔があった。海の底のあの顔だった。余りのことに、ありったけの声量で叫び声を上げると、周囲の友人達が驚いたように起き出して、蛍光灯を点けた。明るくなると、もう女の姿は消えていた。しかし部屋に強烈な磯臭さが漂い、畳には水滴が散っている。恐らく海水だろう。

菜乃さんが今起きたことを必死になって説明していると、友人の一人が彼女の足首を指差した。震える指が示したのは、何重にも巻き付く長い髪の毛だった。

その場の全員が震え上がり、蛍光灯を点けたまま朝まで休むことにした。


翌朝は昨晩起きたことを話しながら朝食を済ませた。

今日はどう過ごそうかと話し合ったが、土地勘がある訳でもない。結局あの岩場へ行かなければ大丈夫だろうと、また民宿の近くの海で遊ぶことにした。

菜乃さんは気が進まなかったが、皆で連れ立って海に向かった。すると何やら人が沢山集まっている。

友人の一人が、今日はここでイベントか何かあるのかと一人の中年男性に問いかけた。するると男性は渋い顔をしながら、そこの岩場で女の死体が揚がったのだと指差した。菜乃さんが兄と二人で潜っていた岩場だ。

菜乃さんが人垣を通して見た遺体の顔は、夜中に見た女性のそれだった。

暫くの間、友人とともに、地元の男性達の話す内容を聞いていた。

遺体は死後数日を経過していること、あの岩場は自殺者が多く、地元の人が数年前に慰霊碑を建てていること、遊ぶならこの近くではなく別の場所にしたほうがいいこと。

慰霊碑が何処にあるのかと訊ねると、地元の人達は教えるのを渋ったが、そこを何とか聞き出した。慰霊碑は、岩場の陰に人目に付かないように祀られていた。

慰霊碑の場所や地元の人の態度から、異様なものを感じたが、それ以上聞ける雰囲気でもなかった。菜乃さん達は、他の場所まで遠出して遊ぶことにした。

彼女達は、同じ友人たちで連れ立って、その後もあの島へと遊びに行っている。

一回だけ慰霊碑のあった岩場の様子を見に行ったが、岩場の周辺は真夏だというのに誰一人おらず、慰霊碑も風化していた。旅行者には分からない理由があるのだろう。完全に打ち捨てられ、一切顧みられない不吉な場所に変わっていた。

# 交通事故

浪子さんが小学校三年生のときの話。

夕食後の団欒《だんらん》を楽しんでいると、家のすぐ近くから轟音が聞こえた。何か事故かもしれないということで、家族総出で見にいくと、思った通り交通事故だった。もう野次馬が現場を囲んでいる。浪子さんは大人達の足元をくぐり抜けて、人垣の前へ出た。

視界に飛び込んだのは、全身を血で真っ赤に染め、顔も半分潰れた男性の顔だった。彼は残った片方の目を見開き、浪子さんを見つめた。まだ生きている。彼の視線と目が合った彼女は、金縛りにでも遭ったかのように身動きが取れなかった。

時折眼球がピクピクと動く。何かを訴えかけるような視線に、小学生の浪子さんの目からは自然と涙が溢れていた。

程なく彼女を見つけた父親が、浪子さんの手を引っ張って、自宅へと連れて帰った。

浪子さんは、終始無言で、明日の学校の支度を終えて、二段ベッドに潜り込んだ。

当時彼女は二段ベッドで寝ていた。彼女が下段、兄が上段である。

その夜は先程目にした事故の現場が頭から離れなかった。寝付けない。だが少しすると上段に寝る兄の鼾が聞こえ始めた。それを耳にしながらいつしか彼女も眠りに落ちた。

その夜、不意に目が覚めた。時刻は分からないが、周囲は常夜灯でぼんやり明るい。

すると、突然絨毯を擦るような音が聞こえた。そちらに顔を向けた瞬間、血だらけの手がガバッとベッドの縁を掴んだ。

浪子さんは身を竦めたまま固まってしまった。視界にはベッドを掴む手。その横から少しずつ頭部が姿を現していく。べっとりと濡れた髪。顔の半分は捏《こ》ねたハンバーグの生地のように潰れ、もはや原形は留めていない。事故現場で倒れていた男性だった。

彼は再度、残った片方の目でじっと見つめてくる。

浪子さんは震えるほど怖かったが、思い浮かぶのは男性を慰める言葉ばかりだった。

——凄く痛いよね。天国へ行けば痛くないよ。何もできなくてごめんなさい。

ボロボロと泣きながら語りかける。暫くすると、男性は見開いた目から赤い涙を流し、血の付いた手で浪子さんの手をそっと撫でた。少しずつ少しずつ姿が薄くなっていく。そして最後には完全に姿を消した。

その瞬間、浪子さんは堰《せき》を切ったように声を上げて泣いた。その声で彼女の兄が起き出してきた。梯子を下りてきて、どうしたと訊ねられた。

浪子さんはしゃくりあげながら、今体験したことを兄に伝えた。

しかし兄は一笑に付した。怖いと思っているからそんな夢を見たのだという。

諭す言葉を黙って聞いていると、浪子さんは、自分の手が汚れていることに気付いた。手に何か赤黒いものが付いている。

「お兄ちゃん――」

小さく呟いて、彼女はその手を見せた。それを見た兄も黙ってしまった。手の赤黒い汚れは、明らかに血が乾いたものだった。すぐに洗面所に行き、手を洗った。

だが、浪子さんはこの夜の出来事を、両親には話し出せずにいた。


それから二月近く経っただろうか。彼女には、その体験もうろ覚えになっていた。

そんなある夜、突然深夜に目が覚めた。ああ、あの夜と同じだと思い出した。

あの男性が再び部屋に現れた。だが様子が違う。顔の潰れた半分は見えない。血まみれでもない。かっと見開いていた目は、優しい目になっていた。

そして彼は、浪子さんの頭と手を撫でながら、繰り返し感謝の言葉を述べると、最後にさようならという言葉を残して徐々に姿が消えていった。

# ラジコンカー

家人が出かけていたため、その日の夜、加藤さんは一人だった。

寝室にて。

自分が寝ていたか起きていたか、その瞬間を判別はできないが、アッと気が付くと、身体が動かなくなっていた。

夢。不愉快な夢の中にいる。そう判断を下すには余りに現実と地続きな感覚があった。

味わうのは突然の不自由から来る不快感。

開いた目はまだ闇に慣れていない。

ドッと脂汗が滲んだ。


ブウウウウウウ……ゴンッ！

ブウウウウウン……ガンッ！


突如、寝室の中でそんな爆音が鳴りだした。

室内をラジコンカーが走り回っては壁に当たる。

そんな音だった。

発進音と激突音の繰り返しが、何度も続く。

突拍子のなさから、やはり夢か、と思い直す努力をしてみるものの、音の質感には現実味を後押しするような響きがあった。

眼球が光を集め出すと、一連の音の原因が分かった。

生首。

ざんばら髪の生首がベッドに横たわる自分の上を左右に飛び回っていたのだ。

生首は右に飛んでは壁にぶつかり、左に飛んでは壁にぶつかる。

発進音と思われていたのは、飛び回る生首の凄まじい怒号だった。


むぐうううううう！

ゴンッ！

うおらあああああ！

ガンッ！

どれだけその生首旋回ショーを見せられたか分からないが、何にせよ一階の玄関ドアが開く音を合図に、身体に自由が戻り、生首は消えた。

# タクシー怪談

都内のタクシー会社で電話オペレータをしている結衣さんから聞いた話。

ある日、一人の女性から、電話があった。結衣さんは、当初クレームの電話かと思ったが、どうやらそうではないらしい。

女性は自分の住まいが何処にあるかを伝えて、話を続けた。

それによると、昨晩、一台のタクシーが家まで彼女の夫を乗せてきてくれたのだという。

深夜、玄関のチャイムが鳴ったので、出たらタクシーの乗務員だった。彼は恐縮した様子で、「実は旦那さんが家に入ったまま出てこないんです」と言ったという。

持ち合わせのお金が足りなかったらしく、家に不足分を取りに帰ると伝えて家に入っていった。しかし、待てど暮らせど帰ってこない。なので申し訳ないけれどもインターホンを鳴らした——。それが乗務員の言い分だった。

だが、それは電話口の彼女にとっては、青天の霹靂《へきれき》であった。

『でも、うちの夫、もうひと月も前に亡くなっているんです——そう伝えますと、運転手さんが、ああ、御主人様でしたか。お家に帰りたかったんですねって言ってくださいまし